Pequeño gran
Diccionario de Metafísica

Pequeño gran

Diccionario de Metafísica

- Claves
- Conceptos fundamentales
- Doctrinas complementarias de la antigua y Nueva Era

Grupo Editorial Tomo, S. A. de C. V.
Nicolás San Juan 1043
03100 México, D. F.

1a. edición, mayo 1998.
2a. edición, mayo 1999.
3a. edición, octubre 2000.
4a. edición, octubre 2002.
5a. edición, octubre 2004.
6a. edición, marzo 2007.
7a. edición, febrero 2013.

Nicolás San Juan 1043, Col. Del Valle
03100 México, D.F.
Tels. 5575-6615, 5575-8701 y 5575-0186
Fax. 5575-6695
http://www.grupotomo.com.mx
ISBN: 970-666-042-9
Miembro de la Cámara Nacional
de la Industria Editorial No 2961

Diseño de portada: Emigdio Guevara.
Supervisor de producción: Leonardo Figueroa

Impreso en México - *Printed in Mexico*

A

A. Primera Letra Sagrada del Alfabeto que simboliza el **"Yo Soy"** y es el número 1 que encierra la **Unidad** que es **Dios**, el Absoluto.

Abeja. Animal sagrado traído desde **Venus** por **Sanat Kumara** para dar la miel y endulzar así la vida de los habitantes de la Tierra.

Abel. Significa respiración, transitoriedad, vanidad, vapor. Esto lo coloca en el aire, en el reino del alma, o sea, una **conciencia** un tanto superior a la que representa **Caín.**

Abraham. Patriarca hebreo y progenitor de las doce tribus de Israel (c. 2100-1700 A.C.). Judíos, cristianos y musulmanes concuerdan en que fue el primero que adoró al único **Dios** verdadero. En la narración bíblica de su vida, originalmente se hace referencia a él como Abram (que quiere decir "el padre", o mi padre, es exaltado) y más tarde Dios lo llama Abraham. Tradicionalmente se tomaba con el significado de "padre de una multitud de naciones", según **Génesis** 17:5. En otro tiempo los estudiosos asumían en general que Abraham fue un ser mítico o bien un simple semita nómada o seminómada, y que la narración bíblica de su vida no podía leerse estrictamente como una biografía puesto que había sido escrita más de mil años después de que hubieran tenido lugar los sucesos descritos. Muchos estudiosos liberales de la **Biblia**, como escribió Richard N. Ostling en la revista *Time*, consideraban a Abraham "no como una figura histórica, sino como a una especie de rey Arturo semita".

Absoluto. Es el TODO, es **Dios** en su más infinita y omniabarcante acepción. No hay nada que no sea el Absoluto. Él es denominado por los Hindúes como **BRAHMA**, por los Islámicos como ALLAH y por los Católicos como EL PADRE ETERNO.

Acólito. Es uno de los grados de las órdenes menores del Sacerdocio del **Fuego Sagrado**. Sirve directamente al sacerdote en la celebración de los Servicios Espirituales. Están entre sus atribuciones: el encendido y absorción de la Llama, apertura y clausura de servicios, presidir procesiones, manejar el incienso, etc.

Actividad "Yo Soy". Organización fundada en Los Angeles en el año de 1930 por el reconocido discípulo del Maestro **Saint Germain** GODFRE RAY KING, o mejor conocido como **Guy Ballard**. Fue una de las primeras organizaciones en dar a conocer públicamente **La Llama Violeta**. El **Yo Soy** y la **Jerarquía Espiritual** para la **Nueva Era**. Muchas enseñanzas metafísicas están basadas en esta actividad.

Acuario, Era De. La primera Orden de la Creación, lanzada al infinito fue "Hágase la Luz" y entonces la Creación se hizo, porque de esta Luz Primaria se deriva toda forma manifestada.

Hoy estamos en una nueva Era de Luz. Es también un día en que las percepciones internas del alma individual están siendo probadas al enfrentarlas con la Cantidad Total de la Verdad.

El ciclo de dos mil años de la Edad de Piscis, gobernado por el Sexto Rayo y conocido como la Edad de Dispensación Cristiana terminó, y la Aurora del Nuevo Día, a través de las vibraciones del Séptimo Rayo, se está sintiendo ya en los corazones esperanzados de los precursores de la **Nueva Era.**

Adán. Del Hebreo, significa Rojo sólido.

Por cierto que Adama significa Tierra Roja. Era una ciudad fortificada de Neftalí, en tiempos de Josué. Adán es el hombre genérico. Representa a toda la raza humana. En un más alto nivel de interpretación. Adán representa la inteligencia.

Adepto. Es un Maestro Ascendido. Aquel que ha obtenido la Ascensión o Quinta Iniciación conocida como la Primera Iniciación Cósmica.

Persona instruida en las artes esotéricas. (*Véase* **adeptos del plano interior**.)

Adeptos Del Plano Interior. Son entidades sobrehumanas que se manifiestan en el **plano astral** (aunque se supone que normalmente tienen su residencia real en dimensiones todavía más remotas), en orden a orientar la evolución de la humanidad a través de contactos ocultos. (*Véase* **Maestros Ocultos**.)

Adi. Primer plano de manifestación y quiere decir en Sánscrito primordial.

Adi Budas. Budas primordiales, causa suprema de los siete planos de manifestación, elementos y sentidos. En el Budismo Tibetano se conocen cinco: *Vairochana, Amogasiddhi, Amida, Vajarasattva y Tatna-sambava.*

Adivinación. Arte esotérica confundida a menudo con la predicción del futuro, que presenta algunas semejanzas superficiales. La adivinación propiamente dicha pretende descubrir la realidad oculta detrás de las apariencias, y a partir de aquí traza la acción más adecuada para el investigador, por lo general con énfasis en el beneficio espiritual.

Para un ejemplo clásico de sistema práctico de adivinación, *véase* **I Ching.**

Aeolus. Es el actual Espíritu Santo Cósmico y anterior Director del Tercer Departamento de la **Jerarquía Espiritual** o del **Maha Chohan.**

Afirmación. Acto positivista de decir aunado a la mente y el sentimiento, una verdad espiritual capaz de destruir toda cristalización o situación negativa contraria a la verdad.

Agla. Es una de las palabras más poderosas que existen. Es una afirmación de poder que reafirma el Poder de Dios y quiere decir: "YO SOY ES ETERNAMENTE PODEROSO".

Agni. Dios Cósmico del elemento fuego. Nacido de la boca de Dios el Absoluto. Complemento Divino dela Diosa Swáhá. Síntesis de los tres Fuegos Cósmicos simbolizado por sus tres hijos a saber:

PAVAKA -	**Fuego Eléctrico** -	El "Yo Soy"
ZUCHI -	**Fuego Solar** -	El Cristo
PAVAMANA -	**Fuego por Fricción** -	El Cuerpo

Agnishvattas. Señores de la Llama o Devas del **Fuego Solar**. Unificadores de la Tríada Monádica: **Atma,** Buddhi, Manas. Forjadores del cuerpo mental en el ser humano.

Agua. Símbolo de las emociones y del plano astral. Elemento de la Madre Divina, del cual surge la creación. Gran purificador de las creaciones humanas imperfectas. Elemento regido por los Dioses Elementales Neptuno y Lunara y el Dios Cósmico Apas.

Tiene diferentes aspectos, como debilidad, negatividad (emotividad, limpieza, poder mental y en algunos casos energía vital).

Águila. Animal sagrado, consagrado al Sol Helios y Vesta. Poder y Libertad Espiritual.

Aham. Se llamaba **Abraham**, de la tierra de Ur de los Caldeos. Fue el padre de la nación Hebrea. Metafísicamente representa el poder de la mente para reproducir sus ideas en expresiones sin límites. Cuando el Espíritu le comunicó a Abram que le cambiaba el nombre a Abraham, le dijo también que sería el "Padre de una multitud". El primer paso en el desarrollo espiritual es el despertar de la fe. Así, basados en la fe, o por obra y gracia de la fe producimos aún aquello que aparenta ser milagroso. En la vida de Abraham vemos retratados los diferentes movimientos de su fe en los variados planos de acción humana.

Ahura Mazda. La Divinidad como el **Fuego Sagrado** para los Zoroastristas.

Akbar. Reconocida encarnación del Maestro **Morya.** Emperador Mogol nacido en India en 1542 y ascendió en 1580. Fue protector de la cultura Islámica y el que cedió el lago de *Amristar* a los *Sihks* para la construcción del Templo de Oro.

En el siglo XVI, el imperio mogol de la India se había reducido en sus efectivos por feroces conquistas ajenas. En 1556, sólo quedaba la ciudad capital, Delhi, cuando *Akbar Jalal Un-din Mohammed* heredó el trono.

Se dio a conocer en el mundo como Akbar el Grande: el más poderoso de los emperadores mogoles. Un vigor físico tremendo lo caracterizaba y ello contribuyó a su extraordinario éxito militar: podía recorrer a caballo más de 300 kilómetros en un día, para sorprender y derrotar al enemigo. No obstante, le tomó la mayor parte de su largo reinado (1556-1605) someter a los príncipes rebeldes del norte de la India y afianzar la paz estableciendo sólidos gobiernos provinciales.

Alexa. Diosa de la Libertad. Representación de la Madre Divina para la **Nueva Era**. Madre del Maestro **Saint Germain**. Porta en su mano derecha la Antorcha Violeta de la Libertad. Sostiene su campo de fuerza sobre Moscú y su Llave Tonal se encuentra en la *Obertura 1812* de Tchaikovsky.

Aliento Divino. El Aliento Divino, está dentro de la palabra hablada, y es el Poder Creador que moldea la substancia universal de luz, en formas que corresponden al patrón que la expresión hablada crea, ya se refiera a personas, lugares, condiciones o cosas. A través del tiempo, la conciencia de la humanidad se ha cargado con imperfección por el mal uso de la Energía Divina en el hablar, creando así, muchas formas distorsionadas, mantenidas vivas por la misma energía con que fueron creadas. Si las palabras habladas dan paz y armonía, la conciencia resplandece con la luz de la Divinidad, y el individuo se convierte en una Presencia Confortadora para toda vida que lo rodee.

Así, la vida calificada por el aliento, es atraída hacia el cuerpo; envuelta en la substancia de la conciencia; y expirada de nuevo para contribuir a la herencia de la raza para bien o para mal de acuerdo con el estado periódico de la conciencia.

Alma. Es el intermediario entre la Mónada y la Personalidad. Es el **Cristo Interno** o el Ego con mayúscula. Es lo que se puede ver como "La Joya en el Loto" de 12 pétalos. Su nombre es *OM MANI PADME HUM.*

El alma se encuentra en el centro de la Lámina representada por un Loto Dorado con doce pétalos y una Llama Triple en el centro que es el Cristo o Loto Egoico; todos estos nombres son sinónimos del Alma Espiritual o el Ego con mayúscula. Él es el intermediario entre la Presencia Yo Soy y la Personalidad. Los siete círculos concéntricos rodeando al Loto Egoico, son el **Cuerpo Causal,** donde está grabada toda la Sabiduría acumulada a través de todas las reencarnaciones de un ser. Tanto el Loto Egoico como el Cuerpo Causal, habitan en el Plano Mental Superior. Los dos Rayos

Azul y Rosado, que penetran por los lados centrales de la Lámina son los dos Rayos de Luz que emanan de los ojos de **Amida Buda** para formar la Joya en el Loto o *PADMA PANI*, cuyo nombre es el mantram *OM MANI PADME HUM* que debe ser pronunciado para llamar al Cristo a la acción. El triángulo que rodea al Loto es el símbolo del Cristo.

Alquimia. El término alquimia deriva de la voz árabe *al-Khem*, antigua denominación de Egipto, lo cual la convierte en el arte de Egipto o **magia**. Es conocida asimismo como el arte real. Superficialmente, no obstante, la alquimia ha aparecido siempre más como una forma primitiva de química que como una rama de las artes mágicas, aunque los alquimistas europeos de la Edad Media dedicaron gran parte de su tiempo a empresas fabulosas como la búsqueda de la **piedra filosofal,** que podía transformar el plomo en oro, curar todas las enfermedades y otorgar la inmortalidad. (*véase* **alquimia taoísta**.)

El fundamento filosófico de la alquimia deriva de influencias clásicas griegas y gnósticas.

El psicólogo C.G. **Jung,** entre otros, ha sugerido que los relatos oscuros y a menudo cifrados de experimentos alquímicos, esconden en realidad un sistema profundo de desarrollo espiritual, una teoría que ha despertado amplio interés.

Con todo, aún no se ha extinguido por completo una interpretación literal de las pretensiones alquímicas. Idries Shah ha relatado cómo la señora Morag Murray Abdullah, una escocesa casada con un afgano, fue presentada a un alquimista de Pathan llamado Aquil Khan que demostró la creación de oro alquímico no a partir de plomo, sino de una mezcla de piedra y plata horneada en arcilla sobre un fuego especial. El British Museum exhibe todavía un medallón supuestamente forjado con oro alquímico por el mago isabelino John Dee.

El amanecer de la **Nueva Era** ha proclamado un renovado interés por la alquimia vegetal, un oscuro arte científico que muestra similitudes con la medicina antroposófica.

Alquimia Taoísta. Curioso sistema de **yoga** esotérico desarrollado en China. Sus partidarios creen que el individuo no sobrevive físicamente a la muerte, excepto si se ha tomado la molestia de preparar un "cuerpo diamantino" como vehículo inmortal del espíritu.

Este cuerpo diamantino parece guardar relación con el **cuerpo astral** del **ocultismo** occidental, pero potenciado y reforzado durante toda la vida del adepto, mediante la fusión de las potencias sexuales masculinas y femeninas.

Los practicantes que se toman la alquimia taoísta más al pie de la letra preparan efectivamente una "píldora de cinabrio" compuesta de semen masculino y fluido lubricante vaginal, entre otros ingredientes. Otra escuela de pensamiento del mismo sistema, prefiere creer que el verdadero secreto está en la fusión de las energías **ch'i** masculina y femenina.

En ambos casos, el taoísta (es decir, el hombre) practica la *carezza* o coito reservado con numerosas mujeres para obtener ese resultado. Se suele creer que el orgasmo disipa la energía vital del hombre, mientras que la mujer disfruta de una reserva inagotable de la misma. Por tanto, durante el coito alquímico taoísta, el hombre suprime rigurosamente su orgasmo, procurando inducir orgasmos múltiples en la mujer.

Altar. Un lugar establecido para orar. Es un centro definido en nuestra conciencia donde contactamos a nuestro Señor y nos ponemos dispuestos a no repetir los errores, a dejar lo inferior por lo superior, lo personal por lo impersonal.

Amida Buda. Conocido en el Tibet como Amitaba Buda. El Ser de Luz Infinita de Esplendor Sin Límites. El Buda detrás del Buda. El primer Bodhisattva de Compasión. Origen del elemento primordial Rupa del cual surge el elemento fuego. Buda regente del **chakra** del corazón. Todos los seres de compasión son emanaciones de Él como: **Kwan Yin**, Tara, **Gautama**, Madre Mercedes, **Saint Germain, Kamakura** y **Sengen Sama**. Fue el Espíritu Envolvente del planeta Tierra en el año de 1985.

Amor. Es el tercer aspecto de Dios. Fuerza de atracción cósmica, unidad y actividad. Se canaliza en la **Jerarquía Espiritual** a través del Departamento del **Chohan** del Tercer Rayo, que lo asume la Maestra Ascendida **Lady Rowena.** Hay que tener presente que este Amor no es pasión ni apego.

Amor Divino. Cada virtud que el hombre se enorgullece de poseer, es una parte indisoluble de la Naturaleza Divina y que él siente que es suya, porque la contemplación de esta naturaleza cósmica indivisible es muy difícil para él.

El Amor de la Gran Omnipresencia Universal, lo envuelve todo, llenando completamente el Universo; y no existe un espacio donde el Amor no esté manifestado.

Amrita. Es el elixir de la Vida Eterna y la Luz Líquida. Líquido Sagrado, dado a beber por un Dios, Diosa, Sumo Sacerdote, Maestro o Angel. Seres como el **Guru Nanak** y Ballard han recibido de la Octava Ascendida, la Copa Sagrada, conteniendo el AMRITA o Néctar Divino que es todo Luz.

Amuleto. Los amuletos se emplean como defensa: protegen contra la enfermedad, el mal de ojo, el infortunio, etc. Los amuletos son piedras preciosas y semipreciosas, reproducciones de animales, estatuillas de dioses y diosas. Los amuletos naturales incluyen nueces, bayas y hasta ajos. Los amuletos pueden ser también símbolos o inscripciones grabados en edificios y tumbas.

Ananda. Estado de gozo espiritual del que vive en el estado de conciencia del **Yo Soy.**

Andes. La cordillera más larga del mundo, ubicada en el continente Sudamericano, sede del polo magnético femenino de la Tierra regente para esta nueva Edad Dorada. Lugar sagrado de la Tierra donde se encuentran infinidad de retiros físicos y etéricos de la **Jerarquía Espiritual**. **Saint Germain** dice que por debajo de sus montañas, existen venas de oro que serán descubiertas para el uso espiritual de la Nueva Era. Pisar cualquier lugar de los Andes es pisar tierra santa.

Angel De La Guarda. La idea cristiana medieval de que cada individuo nace con un ángel de la guarda asignado, que permanece junto a su hombro derecho y constituye la voz de la conciencia, ha sido difundida de un modo espectacular por los ocultistas de la **Nueva Era**. Muchos de éstos creen que es ciertamente posible comunicarse con este ser, y que de ello se derivan poderes mágicos considerables.

Esta creencia ocultista proviene casi exclusivamente de un manuscrito muy curioso que data del siglo XV, *La magia sagrada* o *el libro de Abramelín el mago*, que fue hallado en la *Bibliothéque de l'Arsenal* de París y traducido por el erudito y mago victoriano S.L. Mac Gregor Mathers.

El libro describe una ceremonia que nos promete "conocer y conversar con el ángel de la guarda", de lo cual se deriva poder sobre los elementos y los demonios, que se ven entonces obligados a acatar nuestra voluntad. Esta ceremonia debe iniciarse en Pascua, y se requieren seis meses para completarla. La inició, pero no la concluyó, Aleister Crowley, quien afirmó sin embargo que estableció contacto con su ángel de la guarda en una fecha posterior. En época más reciente, un mago contemporáneo que escribe con el seudónimo de *Chevalier* manifestó que había completado la ceremonia, pero se negó a facilitar detalles precisos sobre el resultado final.

Angeles. Seres de luz que evolucionan mediante el servicio. Son conocidos por numerosas religiones como: El Hinduísmo, el Islam, el Cristianismo, el Zoroastrismo y el Judaísmo. Se agrupan en Coros denominados: Serafines, Querubines, Tronos, Dominaciones, Potestades, Virtudes, Principados, Arcángeles, y Angeles. Se conocen Coros Angélicos que evolucionan sirviéndole al hombre como los

Angeles de la vía, de la transportación, de la mecánica y de cada uno de los **Siete Rayos.**

Aunque la palabra ángel viene del latín **angelus,** denotando un ente sobrenatural de instintos bondadosos, su significado bíblico estricto es "mensajero". El primer ángel mencionado en la Biblia aparece en **Génesis** 16 como un mensajero enviado por el Señor a Hagar para anunciarle que daría a luz a Ismael.

Las primeras referencias sobre ángeles, posiblemente tomadas de, o como mínimo influidas por, los mensajeros sobrenaturales de dioses hititas y cananeos, no coincide con el concepto de seres alados tan popular en nuestros días. Los ángeles del Antiguo y Nuevo Testamentos eran a menudo indistinguibles de los seres humanos, con quienes se les confundían con frecuencia. Incluso **Gabriel,** el mensajero enviado a Daniel para ayudarle a interpretar sus **sueños**, se presenta bajo apariencia humana salvo por el hecho de que fue visto en ligero vuelo. A veces, un resplandor concreto alrededor del ángel traicionaba su origen sobrenatural, pero otras veces esa naturaleza esencial era sólo constatada al término de una visitación.

Se ha calculado que un ángel que pesara 70 kilos precisaría una envergadura de unos 4 metros (y unos músculos pectorales que pesarían más de 9 kilos) para conseguir el despegue, pero esta estimación tiene escasa relevancia para el moderno concepto esotérico de los ángeles como habitantes de un orden distinto de la realidad.

El pensamiento de la Nueva Era refleja la creencia bíblica de que determinados ángeles tienen a cargo hasta cierto punto a diversos países, zonas geográficas y del conjunto del planeta. (*Véase* **Angel de la Guarda.**)

Animismo. Uno de los más antiguos de todos los sistemas de creencias humanas, el animismo, sostiene que la totalidad de la naturaleza está esencialmente viva a través de espíritus o divinidades que habitan en árboles, ríos, montañas, formaciones rocosas naturales e incluso determinadas herramientas o armas.

Las creencias animistas siguen muy extendidas entre las sociedades primitivas, sobre todo en aquéllas donde se cree que seres espirituales muy diversos controlan varios aspectos del entorno natural y social.

El concepto de animismo fue desarrollado a finales del siglo XIX por el antropólogo británico Sir Edward B. Tylor, quien consideraba tales creencias como el estadio más antiguo en la evolución de la religión. Teorizó que los **sueños**, trances y la observación de la muerte impulsaba a los pueblos primitivos a creer en un alma, y que esas creencias eran proyectadas entonces hacia el mundo natural. Tylor consideró además que la creencia en el animismo llevaba a la definición de divinidades más generalizadas y, más adelante, a la adoración de un único dios.

El pensamiento de la Nueva Era, no obstante, mediante conceptos como **Gaia** y el poderoso auge del neochamanismo (*véase* **chamán**), ha aportado una nueva vida a las teorías espiritistas del animismo.

Antaskarana. Puente de unión entre los cuatro vehículos inferiores del hombre y su Divina Presencia Yo Soy.

Apolo. Dios del Sol para la Tierra. Junto con su complemento Diana es el segundo Logos Solar de Alfa y Omega. Su retiro se encuentra sobre el plano etérico de Delfos en Grecia. Representante cósmico del Segundo Rayo de Amor Sabiduría para este Universo. Sostiene en su aura los siguientes planetas:

- Inspira
- Armonía
- Synphonia
- Amore
- Misericordia
- Ultimata
- Comprensión

Ararat: En armenio significa: desierto, despoblado, terror, maldito. En sánscrito y raíz hebraica significa: Tierra sacra, afluencia de luz. En el idioma vascongado significa Aquí hay tierra. En la **Biblia**, Ararat era un país y no un monte. Sin embargo, **Jehová** iba a enviar a un poder de nombre Ararat contra Babilonia y Caldea. Los historiadores no han decidido si Ararat es la Armenia del presente. Pero sea lo que fuere, Ararat representa lo desconocido. Para algunos puede representar algo sagrado, alto, lleno de poder creador, santo. Para otros, significa algo caótico, terrible y temible. Los ríos Eufrates y Tigris (Hidekel) nacen en Armenia, y sabemos que estos representan el gran sistema nervioso y el sistema circulatorio respectivamente. El sistema nervioso está muy relacionado con lo mental-espiritual en el hombre. El circulatorio es más cercano a lo físico. Ararat es pues, vida o muerte, según las creencias individuales que gobiernan la existencia.

Árbol de La Vida. Un punto esencial de la **Cábala** de la **Nueva Era** es el diagrama conocido como Árbol de la Vida; comprende diez círculos que simbolizan esferas funcionales de la naturaleza de la realidad, así como los diferentes senderos que los unen, que indican, entre otras cosas, las complicadas interrelaciones del Árbol.

Los diez círculos numerados, que se llaman *sephiroth* (en singular *sephirah*), se perciben generalmente como energías o estados en el plano físico, pero existen como lugares definidos en el **plano astral.**

La esfera o sephirah más baja del Árbol, llamada Malkuth por los cabalistas, significa el aspecto físico de la realidad, el mundo en que vivimos. Situada directamente sobre Malkuth está la esfera de Yesod, asociada con la función lunar y que simboliza el plano astral.

Yesod en nuestro idioma es Fundamento, y se eligió porque indica la naturaleza esencial de esa esfera. Para los cabalistas Yesod, la esfera de la imaginación y la luz astral, es literalmente el fundamento sobre el que descansa nuestra realidad física.

El cabalista, mientras va ascendiendo por las vías de las esferas numeradas, accede a aspectos cada vez más sutiles de la realidad, como la crística o Tiphareth, hasta culminar en la más alta, Kether, que simboliza la unidad esencial del universo.

El Árbol de la Vida es el símbolo de la columna vertebral. Está en el tronco. Los nervios son las ramas y las hojas.

El Árbol de la Vida tiene 22 senderos. Cada sendero es una pista astral concreta, y se pueden estudiar recurriendo a la técnica esotérica del *sen-derismo.*

Arca. Significa santuario, tabernáculo. El Arca de Noé significa la parte espiritual de uno mismo, construída en medio de un diluvio de errores. Esta se forma con la comprensión científica de la Presencia y el Poder de **Dios**, o sea, afirmando la Verdad espiritual. Se llevan en ese santuario macho y hembra, o sean las actividades positivas y las negativas de nuestro haber.

Arcángeles. Categoría superior dentro de los coros angélicos. Los siete Arcángeles de los Siete Rayos con sus **Complementos Divinos** son:

1. Miguel y Fe
2. Jofiel y Constanza
3. Chamoel y Caridad
4. Gabriel y Esperanza
5. Rafael y Regina
6. Uriel y Gracia
7. Zadquiel y Amatista.

Armonía. Entidad cósmica que dio origen a la Armonía en todo el universo y al elemento musical llamado armonía. Es Complemento Divino de la Amada Sonata. Su Llave Tonal se encuentra en la obra musical *Claro de Luna* de Beethoven.

Armonización. La habilidad de ser uno mismo en cualquier circunstancia. Muchas personas piensan que la armonía es un estado un poco somnoliento en el cual nadie molesta ni es molestado y en el que, supuestamente, se está teniendo una vivencia interna. El hecho de tener o no una vivencia interna no es muy relevante, lo importante en esta vida es estar en paz consigo mismo, con la vivencia interna y con la manifestación de la externa y eso incluye a los planos físico, emocional, imaginativo, creativo, del intelecto, de la mente y al plano de la creatividad; el plano espiritual es totalmente íntimo.

Aromaterapia. Ciencia de la curación a través de los aromas. Rama de la medicina de la Nueva Era.

Arturo. Elohim del 7mo Rayo complemento de la Amada Diana. Tiene su Llave Tonal en el 2do movimiento del *concierto para clarinete y orquesta* de Mozart.

Arturo, Rey de Inglaterra. En el seno de un pueblo desgarrado por la guerra y supersticioso apareció Arturo, poderoso conquistador. La era de Arturo es, de hecho, el punto de inicio de la historia de Inglaterra. En su tumba, en la catedral de Glastonbury, se lee: *Hic Jacet Arthurus rex quandam rexque futurus* —Aquí yace Arturo, rey que fue y rey que será. Las fechas exactas de la vida de Arturo son desconocidas, aunque su historia se recuerda tanto en la crónica como en la leyenda en Europa occidental. Apareció por primera vez en el siglo VI, cuando murió el rey Uter Pendragón sin dejar heredero al trono. La viciosa lucha por el poder que siguió, sólo pudo ser resuelta por Merlín, el alquimista.

En Camelot, el rey Arturo convocó a los hombres y mujeres de mayor grado de todo el reino y formó la Orden de los caballeros de la Mesa Redonda. Su razón de existir: la búsqueda del Santo Grial, la defensa del principio de la Madre, eterna hermandad bajo la égida del Padre Eterno, la restauración del reino de Cristo en la Tierra, la protección de la llama del espíritu Santo en la comunidad de la corte de Arturo y su extensión por toda Bretaña, así como el ennoblecimiento del alma a través de la devoción al Cristo en la acción comunitaria individual. Los caballeros de la Mesa redonda y las damas de la corte de Camelot eran iniciados de una escuela de misterios de la **Gran Hermandad Blanca.** En la tradición de la escuela pitagórica de Crotona, la comunidad esenia de Qumrán, la mandala de Cristo y sus apóstoles, así como los gremios de la Europa medieval que le sucederían, los caballeros y damas guardaban las verdades internas de la Hermandad que Saint Germain les reveló. Saint Germain estaba encarnado como el amado Merlín, el mago de la corte y consejero del rey.

Ascensión. Proceso mediante el cual una corriente de vida sale de la rueda de reencarnaciones por la adquisición de la Auto Maestría. Es la 5ta Iniciación mayor para la Tierra y la 1ra Iniciación Cósmica.

Ascensión y Nirvana, La. Cuando el hombre llega a un punto en su evolución donde las cosas materiales de la Tierra tienden a perder su encanto y comienza a buscar en dirección a la Iluminación Espiritual, es el momento en que se inicia en el sendero hacia su ascención

Cuando alcanza esa ascensión, ha llegado a la meta de su evolución en la Tierra. Entonces se convierte en UNO con su propia presencia YO SOY y por consiguiente UNO CON DIOS MISMO. Es maestro de toda energía y sustancia y libre para viajar por todo el cosmos. Sin embargo, no termina aquí su evolución. A partir de ese punto, comienza un nuevo período de evolución como Ser Divino, por lo cual podrá convertirse aun en un Dios Solar, dirigiendo las energías de un sistema planetario con sus habitantes. El estado de conciencia más allá de este punto en el esquema de la evolución, ha sido llamado **Nirvana** lo cual con frecuencia se ha referido como un "estado de dicha suprema". Sin embargo, debe comprenderse claramente que este estado es una expansión de la individualidad y una vez obtenido, puede renunciarse a él con el objeto de prestar un mayor servicio a la vida.

Asclepio. Maestro Ascendido que trabaja bajo la dirección del Maestro Hilarión en el aspecto Curación del 5to Rayo Verde. Su complemento Divino es la Señora Higia. Su Llave Tonal se encuentra en el aria *Una Furtiva Lágrima* de la ópera El Elíxir del Amor de Donizetti. Es conocido como el Dios de la Medicina con el nombre de Esculapio.

Ashram. Término hindú que designa un centro o retiro espiritual donde los discípulos de un **guru** pasan el tiempo meditando y estudiando enseñanzas espirituales.

Aspirante. El primer grado que se da en el Sendero Espiritual antes de ser aceptado como probacionista y llegar a la 1ra Gran Iniciación.

Astral. Visto de arriba abajo es el 6to plano de manifestación. Es conocido como el plano emocional porque allí residen todas las emociones y sentimientos. Su elemento es el agua, su Rayo es el Oro-Rubí, su Dios regente es **VARUNA**. Se participa de las condiciones de este plano a través del cuerpo astral.

Astrea. Poderoso Ser del Rayo Blanco que tiene el poder de purificar y disolver. Se moviliza limpiando y disolviendo las creaciones siniestras del plano astral. Sostiene para la Tierra la actividad denominada El Círculo de la Amada Astrea.

Astrología. La astrología es una de las artes esotéricas más antiguas. Era practicada en Sumeria, la civilización más antigua del mundo, hacia el 4300 a. de C. y puede que tenga sus orígenes en las profundidades de la prehistoria, puesto que existen pruebas de un estudio del firmamento nocturno efectuado por individuos de la Edad de Piedra Antigua. Hoy en día es también una de las artes esotéricas más difundidas, aunque en una forma corrupta desacreditada por la mayoría de los astrólogos consagrados. Casi todos los periódicos y revistas publican una sección astrológica que ofrece predicciones y consejos a los nacidos bajo cualquiera de los doce signos solares.

Aunque a menudo identificada como observación de las estrellas, la astrología se ocupa de interpretar la influencia de los planetas en las actividades humanas. Para conseguirlo, los astrólogos adoptan dos procedimientos que saben son inexactos. Clasifican el Sol y la Luna como planetas y efectúan sus cálculos como si la Tierra fuese el centro del sistema solar.

En la astrología popular —la modalidad que aparece en las secciones de los diarios—, el término horóscopo se emplea de una forma licenciosa, y por lo general se refiere a una interpretación basada tan sólo en la posición zodiacal del Sol del individuo. Cuando alguien dice que nació bajo el signo de Tauro, quiere decir en realidad que nació cuando el Sol pasaba por esa porción del zodiaco denominada a partir de la constelación Tauro, un fenómeno que acontece todos los años entre el 21 de abril y el 22 de mayo.

Puesto que la astrología de signos solares, como se conoce en ocasiones este tipo de horóscopo, divide la totalidad de la población del planeta en tan sólo doce categorías distintas, se hace difícil tomarla seriamente como una base para la predicción o el análisis del carácter.

Para los astrólogos profesionales, sin embargo, un horóscopo es estrictamente un mapa de posiciones planetarias tal como los astros aparecían en el momento del nacimiento de un individuo desde el lugar geográfico donde éste tuvo efecto.

Para la mayoría de científicos, sin embargo, el postulado vínculo astrológico entre posición planetaria y destino humano es, en el mejor de los casos, improbado, y en el peor, disparatado. Incluso teorías mucho más prudentes, como la que sugería un vínculo gravitatorio entre la posición de Júpiter y el acaecimiento de terremotos, han sido generalmente desprestigiadas.

Varios análisis estadísticos a gran escala sobre características y predicciones de personalidad en función de las posiciones planetarias del horóscopo no han mostrado correlación alguna. Los estudios de esta naturaleza han sido considerados, de forma razonable, como una prueba positiva de que la astrología no puede funcionar. No obstante, el simple hecho es que, en manos de determinados practicantes, la astrología funciona, y muy bien por cierto.

Atlántida. Continente actualmente sumergido donde hoy se encuentra el Océano Atlántico. Allí surgió la 4ta Raza llamada Atlanta y que sucumbió por el mal uso del **Fuego Sagrado** y del **Yo Soy**.

Atma. Primer aspecto de la **Mónada** o el **Yo Soy.** Es la Conciencia Superior que reconoce y sabe que Yo Soy es lo que Yo Soy, Es **Dios.**

Atman. En la religión y la filosofía hindúes, atman es la parte esencial del ser humano, y como tal constituye la única parte del individuo que es eterna. Resulta interesante constatar que el atman se identifica íntimamente con el brahmán, la realidad inmutable que subyace tras las apariencias superficiales. Esta identificación crea un doble vínculo aún más interesante con determinados aspectos del pensamiento esotérico occidental. El primero es la creencia cabalística en el *yesod*, un mundo astral de la imaginación que conforma el fundamento de la realidad. El segundo reside en la percepción del vidente William Blake, entre otros, de que el mundo de la imaginación es el mundo de la eternidad.

Átomo Maestro o Permanente. Es el primer átomo alrededor del cual se forma y se mantiene en manifestación cada uno de los cuerpos del ser humano. Es el director atómico de un cuerpo. El Átomo Maestro Físico está en el ápice del corazón del ventrículo izquierdo, el Átomo Maestro Astral en el hígado y el Átomo Maestro Mental en el entrecejo.

Aum. Palabra Sagrada que contiene el misterio del **Yo Soy** de los tres Dioses Cósmicos, los Tres Fuegos y los Tres Rayos Primordiales que son **Dios:**

A -	SHIVA -	Fuego Electrónico -	Rayo Azul
U -	VISHNÚ -	Fuego Solar -	Rayo Dorado
M -	BRAHMA -	Fuego Friccional -	Rayo Rosa

Aura. Si usted se sitúa de pie con ambos brazos completamente extendidos en una posición cruciforme paralela al suelo, las puntas de sus dedos marcan los límites exteriores de su aura..., o por lo menos eso le dirán los ocultistas de la Nueva Era.

Mencionada en ocasiones como la atmósfera humana, tanto en el Ocultismo oriental como occidental se cree que hay un envoltorio de energía sutil que existe como un gigantesco huevo en torno a los cuerpos humanos (y de otros animales vivos), plantas, imanes y **cristales.**

En términos generales, las auras son visibles sólo para los médiums, aunque en 1911 un doctor londinense llamado W.R. Kilner desarrolló una serie de pantallas basadas en un color diciánico que manifestó podía utilizarse para adiestrar el ojo con el fin de ver auras.

Kilner distinguió varias capas en el aura y, al igual que el químico industrial el Barón Karl von Reichenbach medio siglo antes que él, insistió en que sus pantallas mostraban auras emanadas de imanes.

Un aspecto particularmente interesante del trabajo de Kilner fue su convicción de que los cambios en el aspecto del aura podían emplearse como instrumento diagnóstico, una creencia compartida por muchos médiums. Parece existir una relación directa entre el aura y la convención artística de pintar un halo o auréola sobre la cabeza de personajes considerados santos. La teoría afirma que esa santidad intensifica el aura humana hasta el extremo que partes de ésta se vuelven visibles ante el ojo desnudo.

Aura Humana, El. El aura humana está compuesta de las emanaciones del vehículo etérico del hombre. Este vehículo es la contraparte energética y el molde del físico. Su función consiste en recibir impulsos de energía. En realidad, el cuerpo etérico no es nada más que energía, compuesto por miríadas de hilos de fuerza o diminutas corrientes de energía, las cuales se relacionan con los cuerpos emocional y mental y con el alma. Estas corrientes de energía a su vez tienen efectos sobre el cuerpo físico, poniéndolo en actividad de acuerdo a la naturaleza de energía que esté predominando en ese momento.

Encarna tres tipos de energía: la física, la astral y la mental. Se le conoce como el gran interrelacionador, porque conecta el cuerpo, las emociones y la mente. Esto forma lo que podríamos llamar una triple aura:

- El aura de la salud, que es esencialmente física.
- El aura astral o emocional, el factor predominante en la mayoría de los seres humanos.
- El aura mental, que es relativamente pequeña, pero con la entrada de la **Era de Acuario** está siendo estimulada.

El aura es esencialmente irradiante y se extiende en todas las direcciones desde el vehículo físico.

El trabajo que debe realizar el estudiante de Metafísica es tratar de disminuir el poder y la extensión de su aura emocional y expandir y acrecentar la potencia de su aura mental. De esta manera, la irradiación del **Cristo Interno,** del Alma, va sustituyendo la actividad emocional, infundiéndole Su Amor, de manera que la sensibilidad del Amor sustituya la sensibilidad emocional y también el deseo.

El Aura es como nuestra piel invisible, o la piel del Alma, como la llama el Maestro Omraam Mikhael Aivanhov, así como la piel física es nuestro órgano protector en el mundo visible. Cuando tenemos un aura fuerte y luminosa, nada negativo nos puede penetrar. El aura funciona como la atmósfera del planeta que rodeándolo, lo protege de radiaciones nocivas y de partículas.

Aureola. Junto con Aurea es el sexto Sol del Universo de Alfa y Omega. Sostienen en su aura los siguientes planetas:

- Esmeralda
- Azure
- Verde
- Saturno
- Consagración
- Persuada
- Rafael.

Avatar. En la gran épica religiosa hindú, el **Bhagavad Gita**, el dios Vishnú promete: Para la salvación de los piadosos y para la destrucción de los malhechores, para el establecimiento de la Ley, yo naceré en todas las épocas.

El Hinduismo popular reconoce diez encarnaciones divinas de Vishnú, conocidas como avatares, entre las que se incluyen vidas como la de tortuga y la de verraco, como los héroes **Krishna** y Rama e incluso como Gautama, el fundador del **budismo**.

La creencia en los avatares arraigó con fuerza en el pensamiento budista, en el que el **bodhisattva**, o esencia última de la iluminación, es percibido como un sabio divino que se reencarna periódicamente para salvar a la humanidad. Así, el príncipe **Gautama** fue tan sólo el más reciente de una larga serie de Budas, y ya se han erigido estatuas en honor a **Maitreya**, el Buda inminente.

Aves del Cielo. Son ideas espirituales.

Avidya. Término Sánscrito para denominar la ignorancia. Causa de todos los males. Único pecado. Opuesto a Vidya. Cuando no se conoce la Verdad Espiritual que hace libres a los seres humanos.

Ávila. Montaña sagrada situada en la costa norte de Sudamérica entre Caracas y el Mar Caribe. Punto de anclaje físico del Palacio del Propósito del Hombre. Fue llamada en la antigüedad GUARAIRA RIPANO que quiere decir SIERRA GRANDE.

B

Bagavadgita. Libro del *Mahabharata*, quiere decir Canto del Señor. Es un diálogo entre **Krishna** y Arjuna que narra la conquista de la personalidad por el **Cristo Interno** en el campo de batalla que es el cuerpo físico y que recibe el nombre de Kurukashetra.

Bailey Alice. Fue la amanuense del Maestro **Djwal Khool** a través de la cual se dieron grandes revelaciones de las enseñanzas espirituales más altas que se conocen. Entre sus más importantes libros se encuentran: *Iniciación Humana y Solar, Tratado sobre Fuego Cósmico, La Exteriorización de la Jerarquía, Tratado Sobre Magia Blanca, La Reaparición del cristo*. Fundó la Escuela Arcana y la Revista Beacon. Nació en Manchester, Inglaterra el 16 de Junio de 1880 y desencarnó el 15 de Diciembre de 1949.

Ballard, Guy (véase Godfree)

Becket Thomas Canciller de Inglaterra en el siglo XII, durante el reinado de Enrique II. Thomas era un hombre de acción, que se deleitaba en el trabajo arduo y en el debate. De joven había sido educado en las mejores escuelas de Europa y sirvió en la casa del Arzobispo de Canterbury, Teobaldo, que lo presentó al rey y lo recomendó para la cancillería. Se dice que Becket y el rey eran un corazón y una cabeza, y es probable que la influencia del canciller fuera en gran parte la causante de muchas de las reformas de la ley inglesa que se le atribuyen a Enrique.

Belleza. Condición reinante en todo aquello que se manifiesta de acuerdo al **Plan Divino** de Perfección que **Dios** desea para toda persona, condición, lugar o cosa.

Benares. Ciudad Sagrada a orillas del río Ganges en la India, con más de 1,500 templos. Lugar donde el Señor Shiva ancló su Rayo de Ser.

Bendición. Acto mediante el cual se le imprime la Gracia Divina a una persona, situación, lugar o cosa. Lo que se bendice se aumenta y prospera, por lo tanto siempre debe ser canalizado hacia y por el bien.

Bergamont. Aroma sagrado perteneciente al 5to Rayo Verde con propiedades analgésicas y cicatrizantes.

Besant Annie. Discípula del Maestro **El Morya,** antigua presidenta de la Sociedad Teosófica. Autora de 400 libros de gran importancia espiritual. En otras vidas fue; GIORDANO BRUNO e HYPATIA.

Biblia. Libro Sagrado compuesto de 72 libros que contienen toda la Verdad Espiritual pero que está sujeta a interpretación jeroglífica, simbólica o literal, siendo esta última la menos certera de todas.

Bien. Todo aquello que es constructivo y conduce a la realización del Ser.

Bienaventuranza. Estado de gozo o felicidad espiritual en el que vive un practicante de la Presencia de Dios **Yo Soy.**

Blavatsky, H.P. Fue la primera persona en dar a conocer a los Maestros Ascendidos en Occidente, Patrocinada por los Maestros *Koot Hoomi y Morya* fundó en 1875 la Sociedad Teosófica. Su obra máxima es *La Doctrina Secreta.* Nació en 1831 en Ekaterinoslav, Rusia y desencarnó en 1891 en Londres.

Bodhisattva. El término bodhisattva se utiliza en dos sentidos. Para los budistas, se refiere simplemente a aquella persona que aspira a ser como el **Buda**, pero que no ha adquirido todavía el **nirvana**. Para los teosofistas, sin embargo, se refiere a un individuo que alcanzará definitivamente el *status* de Buda en su siguiente encarnación, y que ha desarrollado una conciencia de su propia divinidad ya en la vida presente.

Bondad. Actitud básica de todo estudiante espiritual, mediante la cual es calificada en constructiva, toda energía canalizada a través de la mente y el corazón del ser humano.

Borinquen. Guardián Silencioso de la Isla de Puerto Rico.

Brahma. Nombre de **Dios** como el Absoluto-el Todo. Se diferencia de Brahmá con acento en la a, que es el aspecto creador dentro del Absoluto.

Brahmanes. Son los hombres y mujeres dedicados al servicio de la Presencia de Dios **Yo Soy** y el Gran Sol Central como sacerdotes, instructores o maestros de la verdad Divina. La primera de las cuatro castas de la India.

Buda. Condición espiritual de Iluminación absoluta. Grado adquirido en la 8va Iniciación mayor. tantos Budas como estrellas en los cielos. Se conocen el Buda Dipankara, **Gautama,** Milarepa, **Amida,** etc.

Budismo. Es la forma de vida ética y conducta de todo ser que busca la iluminación o es un iluminado.

El primer sermón budista fue predicado en Benares (India) hacia el año 530 a. de C. Para cuando el príncipe Siddhartha **Gautama** (el **Buda** o Iluminado) murió unos cuarenta y cinco años más tarde, la religión que fundara había atraído a centenares de monjes y millares de seguidores seglares. Siguió evolucionando y extendiéndose, y echó raíces en China, el Tíbet, Japón, Birmania y la mayor parte del Sudeste Asiático. Durante un tiempo cundió con mucha mayor fuerza en el extranjero que en su India natal, aunque en la actualidad goza de un resurgimiento considerable en el subcontinente, y se acepta en términos generales que ha ejercido una profunda influencia en el **hinduismo**.

El modelo fundamental del budismo, que algunos consideran mucho más una filosofía que una religión, quedó establecido en el sermón de Benares, cuando Gautama proclamó el Camino Intermedio entre los extremos del ascetismo y el hedonismo descuidado. El Camino Intermedio comprendía la noble senda de ocho etapas: la visión correcta, la intención correcta, la palabra correcta, la acción correcta, la existencia correcta, el esfuerzo correcto, la comprensión correcta y la concentración correcta. La senda se basaba en cuatro verdades: que toda la vida es sufrimiento, que la causa del sufrimiento es el deseo, que el sufrimiento cesará cuando cese el deseo, y que la noble senda de las ocho etapas conducirá a la cesación del deseo.

Cualquier práctica del budismo está inextricablemente vinculada a la doctrina de la **reencarnación** y al concepto de **karma.** Los budistas entienden que toda la humanidad está atrapada en una rueda eterna de reencarnaciones sucesivas, dirigida por el karma, y que el único modo de liberarse es alcanzando la iluminación, expresada en el estado extático del **nirvana**. Este se alcanza siguiendo la noble senda de las ocho etapas y sometiéndose a los tres aprendizajes: moralidad, concentración y sabiduría. Las enseñanzas van más lejos de la expresión de tópicos piadosos hacia los terrenos del yoga, lo que hace del budismo tal vez la más esotérica de las grandes religiones de Oriente.

Búsqueda de La Visión. Práctica de los indios aborígenes norteamericanos, que trata de alcanzar la fuerza espiritual mediante la visión de una entidad sobrenatural.

Después de prepararse mediante el ayuno o el confinamiento en la cabaña de baños de vapor, el individuo se retira a un lugar aislado y dotado de virtudes naturales, para orar pidiendo una visión. Se produce entonces un sueño, o la visión de un espíritu guardián (que suele asumir la forma de un animal), tras lo cual se entrega un ***talismán como signo tangible del poder conferido.***

C

Cábala. Sistema de enseñanza espiritual oculta de los hebreos medievales. Significa Doctrinas recibidas por la Tradición. Su Libro Sagrado es el *SEPHER YEZIRAH* o *Libro de la Creación* atribuido a Moisés de León. Su estudio Comprende:

a) Sabiduría Divina
b) Creación del Hombre y Seres de Luz
c) Las Leyes.

Según reza la tradición rabínica, la Cábala o Qabalah fue enseñada por el **Arcángel Gabriel** al primer hombre, **Adán**, en el Jardín del Edén, transmitiéndose una frase implícita en el nombre mismo y que desde entonces ha sido recibida por una larga sucesión de iniciados especialmente elegidos.

Cualquiera que sea la realidad que atribuyamos a esta fábula seductora, apenas cabe dudar de que el cuerpo de doctrinas esotéricas que engloba lo esencial de las tradiciones místicas y mágicas de los judíos sea muy antiguo. Los análisis internos revelan evidentes influencias gnósticas, y parece razonable suponer que algunas de sus enseñanzas tienen su raíz en el **misticismo** profético del Antiguo Testamento.

Sin embargo, la Cábala siguió siendo una tradición estrictamente oral hasta finales del siglo XIII. Alrededor del 1280 de la era cristiana, un cabalista español llamado Moisés ben Semtob de León escribió un largo comentario sobre el Pentateuco. Esta obra, titulada *Zepher ha Zohar* o *Libro de las Maravillas,* no nació exactamente de la pluma de Moisés Semtob, ya que su mismo autor la atribuye a otro rabino, el sabio místico Simeón bar Yohai, fallecido después de un trance extático y de haber dejado a sus discípulos el encargo de recopilar las informaciones recibidas por él a través de sus visiones.

El *Zohar* se aparta sustancialmente del judaísmo ortodoxo por cuanto enseña que la divinidad más alta es Ain Soph, una entidad ilimitada e indiferenciada que no se puede describir y acerca de la cual no hay especulación posible. (Este concepto guarda bastante parecido con el del Brahman de los hindúes, que es el estado originario e indiferenciado de donde proviene toda manifestación, y al que tarde o temprano todas han de retornar.)

Ain Soph se condenó (palabra necesariamente inexacta) en otro ser algo inferior, el Yahveh o **Jehová** de los hebreos, quien no obstante conserva la característica primordial de la unidad manifiesta. Como el nombre de Yahveh era demasiado sagrado para pronunciarlo en voz alta, los cabalistas preferían referirse al tetragrama, que quiere decir palabra de cuatro letras y alude a los cuatro caracteres hebreos YHVH con que se escribe aquel nombre.

Al intentar describir la esencia de este dios, los cabalistas concibieron su manifestación como diez estados interrelacionados o esferas de actividad, llamadas Sephiroth. El primer Sephirah es Kether, el estado de unidad, que engloba a todos los demás y se asocia obviamente con Yahveh. Los otros nueve, que culminan en Malkuth, el mundo físico, dan un diagrama de las manifestaciones llamado por los cabalistas el **Árbol de la vida.**

Se trata de doctrinas místicas complejas y profundas, y además el *Zepher ha Zohar* es un libro voluminoso y difícil (quizá por eso los cabalistas modernos apenas lo han leído). Pero la mayor parte del interés histórico que ha generado la Cábala no se debe a sus doctrinas filosóficas, sino a su aplicación práctica. Se consideraba que ella y en particular el Árbol de la Vida eran instrumentos de excepcional eficacia para la evocación de las potencias espirituales. El Árbol invertido y asociado con el Qlipoth o Concha servía para invocar a los demonios.

No todas estas nociones han quedado abandonadas en los tiempos modernos. Desde la fundación de la Orden del **Alba Dorada,** en la era victoriana, la Cábala se convirtió en pivote alrededor del cual gira toda la **tradición esotérica occidental.**

Cadena Planetaria. Serie de siete reencarnaciones de un planeta, existen siete cadenas planetarias formada cada una de 7 globos, 49 en total.

Caduceo. Símbolo de la ascensión del **Kundalini** y patrón electrónico del Dios **Asclepio**, Dios de la Medicina.

Caída del Hombre. Hecho mediante el cual el ser humano pierde el estado de Conciencia Espiritual de que él es un ser Divino "El **Yo Soy**".

Poco después de haber comenzado la Cuarta Raza su Ciclo de evolución, el Consejo Cósmico convino en permitir que un número de almas rezagadas de otras estrellas encarnaran en la Tierra. Estas almas eran aquellas que persistieron en seguir el camino de la imperfección y del mal, no pudiendo continuar en sus propias estrellas o planetas a través de su iniciación cósmica. Por consiguiente, se habían convertido en "huérfanos" planetarios, es decir almas sin un planeta donde encarnar para seguir sus propios planes o para intentar colocarse en el sendero de Evolución Espiritual.

La gente de la Tierra, habiendo visto cómo tres evoluciones alcanzaban la perfección en el tiempo previsto, confió en que su alto grado de desarrollo espiritual sería un modo de ayudar en la evolución de los rezagados si se les permitía que encarnaran en la Tierra. No obstante, las cosas no sucedieron como se pensaba, por el contrario, las impurezas síquicas que trajeron los rezagados comenzaron a manifestarse en la sustancia elemental de la Tierra y por medio del **libre albedrío** de sus habitantes,comenzó la experimentación por medio del pensamiento y del sentimiento. Durante un período de muchos siglos, el hombre cayó de su estado de Gracia Espiritual en las profundidades de la impureza y de la degradación. De más está decirlo, la evolución de la Cuarta Raza Raíz resultó afectada, con el resultado de que muchos miles de ellos aún están evolucionando en la Tierra encarnación tras encarnación.

Caín. Significa egoísmo, posesión, adquisición, centralización, lanza, algo que corta; algunos antiguos lo llamaron el genio del mal, pero no es del todo malo ya que lo que él simboliza se deriva del poder centralizado. Toda idea de gobierno es derivada del Poder centralizado. El aspecto benévolo o malévolo es determinado hacia donde se dirija la centralización.

Caldea. Un país asiático dividido por el Eufrates. Era parte de Babilonia. Representa el reino psíquico y significa "Mago Astrólogo", Ocultista. El reino psíquico se disfraza de espiritual y engaña al individuo haciéndole creer que tiene contacto espiritual cuando en realidad le está robando su bien.

Babilonia era la capital de Caldea. El psiquismo trae confusión y engaño. En la época del cautiverio los caldeos eran los sabios, filósofos, magos. Hoy en día el que se interna en el **Astral** o se fanatiza por la **Astrología** y en el ocultismo se convierte en prisionero de engaños y falsedades. Por eso **Abraham** le prohibió a su siervo que se llevara a **Isaac** a "la tierra de donde salí".

Caldeos. Representan los pensamientos del plano psíquico basados en la magia, brujería, **astrología,** ocultismo, presumiendo de espirituales. Así engañan al individuo impidiéndole el contacto espiritual y el bien que busca. La gente de Caldea, en el tiempo del cautiverio, eran los intelectuales, los filósofos, mágicos, magos y consejeros de Babilonia, y esto, metafísicamente, son los pensamientos psíquicos que conectan al individuo con el plano astral. No son espirituales, brillan con luz reflejada.

Calificación. El acto mediante el cual la mente y los sentimientos de un ser humano determinan las cualidades de un pensamiento, sentimiento o acciones propias o ajenas. Existe la calificación negativa que es dañina y destructiva y la positiva que es benéfica y constructiva.

Camino a La Maestría. El estudiante que desea su Divino Destino ha preguntado a la Vida, mental y emocionalmente cuál es su propósito y su meta. A él se le revela el Sendero Superior y se le dan ciertos ejercicios para que se controle y supere de modo que el camino que concientemente se desprenda de su cuerpo, se le manifieste como EL SENDERO. Cuando un individuo así teje, de su propia energía ese sendero de luz sobre el cual pasará camino a la maestría, ya no necesitará seguir vías tortuosas, sino un camino recto y progresivo de Luz y Vida, que finalmente lo lleva a la meta de LIBERTAD, MAESTRÍA Y PERFECCIÓN.

Si el estudiante es sincero, honesto y está decidido a ser una ayuda en el progreso de la humanidad, el Maestro, en cooperación con su **Ser Crístico** (Yo Superior), pondrá en movimiento ciertas Causas por las cuales pueden ser sublimados los puntos débiles del individuo para el mayor trabajo al cual se enfrentará. Estas causas y sus efectos resultantes, a veces proyectan al estudiante a una serie de experiencias turbulentas, pero no obstante fortalecen la fibra de su naturaleza.

El Camino a la Maestría, es el camino a la renunciación de todas las cosas y personas *que sean un obstáculo para lograr esa meta.* El estudiante, en paz y suavemente, con firmeza de propósito debe entrar en el Sendero cree que entra solo pero no es así. Jamás se está solo. Siempre se está acompañado por el Yo Superior que es el Ser Divino en cada uno. Es una entidad gloriosa y amorosísima en quien se debe pensar mucho.

Campana. Símbolo del **Cristo Interno** que llama a su contemplación. Su tañir ahuyenta a las fuerzas siniestras y atrae la presencia de los **ángeles** y Seres de Luz.

Campo de Fuerza. Es un vórtice de energía calificado por un Maestro Ascendido, Ser de Luz o discípulo, con una cualidad divina para ser utilizada en servicio de la humanidad.

Un campo de fuerza es un foco conscientemente magnetizado, creado por una persona o por un grupo de personas con el objeto de dar servicio a un área en particular y por último a toda la Tierra. En el caso de actividad de grupo, el Director, con la colaboración del grupo, primero diseña en la mente la actividad particular a la cual estará consagrado el servicio del grupo. Si es posible, el diseño en sí debe visualizarse (por medio de una ilustración) de modo que todos dirijan sus energías hacia la misma actividad. Es esencial que la imagen se mantenga igual en todas las reuniones una vez que se haya elaborado, para que crezca y expanda sus bendiciones a través del grupo y hacia todo el vecindario. Por medio de la contemplación y dirección constante de la calidad de la energía que se desea dentro del **Campo de Fuerza**, puede hacerse crecer en intensidad hasta el punto donde sea una fuerza potente para el bien en el área inmediata y a través de la atmósfera de la Tierra en sí. Un Campo de Fuerza está en movimiento constante y a través del mismo se derramarán ilimitados Dones de los Seres Divinos a quienes se haya dedicado, según se refuerce y expanda en cada reunión.

Canaán. Existencia material. Realización de la nada. Mercader, traficante en materialidad, pirata, inferior, tierra baja. Canaán fue la tierra que **Dios** les dio a los israelitas como posesión eterna. El significado de Tierra Baja es la conciencia carnal. El cuerpo redimido es la Tierra prometida. Y cuando el hombre vuelve a descubrir este dominio perdido. Todas las promesas de la **Biblia** serán cumplidas. (La enseñanza que llamamos Metafísica Cristiana es el penúltimo paso hacia esa redención). No es un sueño que el hombre pueda poseer un cuerpo inmortal. Es un hecho concreto. Para poder redimir su cuerpo, el hombre tiene que entrar mentalmente a su organismo para espiritualizarlo y enseñarle a sus células y sus órganos la Verdad salvadora. Esta es la enseñanza simbólica de Josué. También pensamos en Canaán como refiriéndonos al subconsciente. Metafísicamente es la humildad y la receptividad. Sea como fuera, la Tierra de Canaán es representativa de las fuerzas elementales del ser, en medio de las cuales el hombre está situado y a las cuales él les da carácter al través de su fe en Dios, como Espíritu Omnipresente. Para los místicos es el nombre de la sustancia invisible que rodea y penetra todas las formas, de las cuales ella es madre.

Candelaria, Virgen de. Patrona de las Islas Canarias, representación de la **Madre Divina Cósmica** en su aspecto ígneo, síntesis de los Tres Fuegos.

Canto. Ejercicio musical de la voz humana mediante el cual el ***chakra*** laríngeo puede ser capaz de atraer a los seres de más brillante Luz de todos los planos de manifestación cósmica.

Una de las vías más antiguas hacia los cambios de consciencia, se cree que el canto produce sus efectos en tres aspectos:

1. El canto prolongado puede inducir a la hiperventilación o, a la inversa, a la hipoventilación, las cuales influyen en los niveles de oxígeno y dióxido de carbono en la sangre, con efectos derivados en el cerebro.
2. La repetición de tipo **mantra** tiene un efecto directo sobre la mente que conduce, a menudo, a estados de trance si se prolonga hasta un grado suficiente.
3. El propio sonido, dirigido adecuadamente a través del canto, ejerce una influencia vibratoria en los *chakras* del cuerpo humano.

Caracas. La ciudad capital más al norte de todo Sudamérica. Cuna de la Libertad. Ciudad de **Llama Violeta.**

Ciudad al pie del Monte Avila, sede física del **Palacio del Propósito del Hombre.** Custodiada por su Guardián Silencioso, la Señora Dedicación.

Casiopea. Elohim del 2do rayo Dorado de la Sabiduría. Complemento de la diosa de la Sabiduría Minerva.

Católico. Del Latín *Catholicus*. Lo que es Universal. Toda persona de pensamientos, sentimientos y acciones de carácter universal, incluyente, no fanático y no sectario. Término atribuido a una de las más grandes ramas del Cristianismo que tiene como base las enseñanzas del **Maestro Jesús.**

Ciclopea. El ojo todo avizor y el oído todo oyente de **Dios**. Elohim del 5to Rayo, complemento del Elohim Vista.

Ciclos Cósmicos De Evolución. Un ciclo cósmico es un período de 14.000 años que se divide en siete ciclos menores, durante los cuales cada uno de los **siete rayos** predomina por un período de 2.000 años. El propósito de estos ciclos es proveer una atmósfera y ambiente propio de las diferentes esferas de iluminación espiritual para el desarrollo de los egos que encarnan. Durante cada uno de estos ciclos menores aparece un **avatar** para impulsar la evolución de la raza. En el presente ciclo de 14.000 años en curso, la Sexta Administración de 2.000 años comenzó poco antes del nacimiento del **Maestro Jesús** y terminó el 1º de mayo de 1954, cuando comenzó el Séptimo Ciclo o Administración; y así tal como el Amado Jesús fue la figura predominante durante la Administración Cristina, la autoridad que preside en estos 2.000 años, es el Amado Ascendido Maestro **Saint Germain,** Director del Séptimo Rayo para la Tierra.

Cielo. Es un estado de conciencia en el cual están armonizados el alma, el cuerpo y el Yo Superior. Los Maestros de Metafísica encuentran su mayor dificultad en lograr que los estudiantes comprendan que el cielo bíblico es una condición de la mente. El **Maestro Jesús** jamás describió el cielo como un lugar localizado en algún reino distante, a pesar de que el Maestro insistió en que el cielo era un *estado de conciencia*, la gran masa de cristianos aún cree que el cielo es un lugar a donde van, después de la muerte, los que han aceptado a Jesús. En la **Biblia** no hay autoridad para semejante doctrina. Si un lugar así existiera, estaría allí descrito claramente y el Maestro no hubiera dado parábola tras parábola e ilustración tras ilustración, para demostrar que es un estado de conciencia que el hombre ha de lograr. Cielo, es un estado mental **Ideal**.

Ciencia Cristiana. Uno de los movimientos precursores de las enseñanzas del **mentalismo** de la Nueva Era. Establece que Dios es el Principio activo armonizante y curativo de todo desorden físico, emocional y mental. Su libro sagrado es **La Ciencia Salud** escrito por Mary Baker Eddy la fundadora. Fue publicado por vez primera en el año de 1875, año en gran efusión espiritual cósmica en que se fundó La Sociedad Teosófica con la anuencia de los Maestros Ascendidos. Mary Baker nació en 1821 y desencarnó en 1910.

Circulata. Entidad cósmica. Observadora Silenciosa de la Galaxia Vía Láctea.

Cirugía Psíquica. A menudo realizada en estado de trance, y en ocasiones sin contacto con el cuerpo físico, sus manifestaciones más espectaculares se observan en el trabajo de los sanadores filipinos y brasileños, que realizan intervenciones físicas seguidas de una curación inmediata de la herida quirúrgica.

Clariaudiencia. Facultad de oír voces de espíritus y otros sonidos procedentes de otras dimensiones.

Clarisensibilidad. Facultad próxima a la **intuición**, la clarisensibilidad permite la conciencia de manifestaciones parapsicológicas que no pueden percibirse de ninguna otra forma. Un ejemplo común de clarisensibilidad es la percepción de un ambiente en un edificio *encantado*.

Clarividencia. Literalmente visión clara, la clarividencia es la facultad de obtener información a distancia a través de medios paranormales. Se distingue de la **telepatía** por el hecho de que no participa otra mente más que la del individuo que ejerce la experiencia clarividente.

Colombina. Guardián Silencioso de Colombia.

Complementos Divinos. La mencionada *Chispa Divina* es una inteligencia individualizada que contiene todos los atributos del Creador, y presenta los aspectos masculino y femenino de la Divinidad. Esto se llama el Cuerpo de Fuego Blanco, y los dos seres en uno, deciden si quieren o no buscar mayor individualización, dividiéndose en Rayos Gemelos. Sin embargo, por propia determinación muchos de estos nunca se separan para viajar por el mundo de las formas, sino que continúan funcionando en un solo Cuerpo de Fuego Blanco, cumpliendo así su **Plan Divino** como UNO SOLO al efectuar su Servicio Cósmico.

El Cuerpo de Fuego Blanco cuando decide proyectarse en el plano físico, se individualiza en los cuerpos femenino y masculino de la **Presencia Yo Soy**, quien a su vez proyecta rayos de luz en el corazón de las formas físicas. Estos cuerpos físicos son los egos que evolucionan sobre la Tierra y los rayos de luz centrados en los corazones, es lo que llamamos El **Cristo.** Estos rayos gemelos entonces comienzan su larga serie de encarnaciones hacia la meta de perfección y de la ascensión, jornada que tomará un mínimo de 14,000 años para completar, siempre y cuando el individuo se adhiera a los principios del sendero en cada encarnación.

Comunicación. Comunicación, es el nivel más básico para entrar al proceso de aprender a conocerse a sí mismo. Tanto el amor como la salud son, en un modo u otro, función de comunicación.

La comunicación es muy importante, permite que un ser humano se realice como tal en el universo físico. Básicamente, sin comunicación, una persona no tiene contacto. Comunicación, no es una fórmula, o una técnica o un método o una actitud, sino que es una estabilización de conciencia... Un centramiento, una forma en la cual el sujeto está consciente del ambiente que lo rodea. Básicamente es una forma de llegar a centrarse y en ese centrarse poder decidir y explorar cuál es el camino que va a seguir.

Concepto Inmaculado. Es el patrón de perfección puro e inmaculado que se tiene como designio divino para cada ser humano, situación, lugar o cosa. El Concepto Inmaculado demanda la perfección para todo lo existente. Puede ser sostenido y manifestado a través de la mente y el sentimiento.

El concepto inmaculado es la pureza del diseño divino que el Creador tiene para cada uno de sus hijos. Está incorporado en el **Ser Crístico**, pero la conciencia exterior tiene el privilegio y está obligada a manifestarlo tarde o temprano. Este concepto es lo que debemos visualizar en nosotros mismos o en los demás, pues una de las normas de la **Gran Hermandad Blanca** (Maestros de la Sabiduría) es que nunca visualizan a un individuo como imperfecto, pero ven siempre este concepto inmaculado del Cristo que cada uno ha de llegar a ser. Ya conocemos el poder creador del pensamiento: donde fijes tu atención en eso te conviertes. Por eso, visualizando la mayor perfección es como podemos alcanzar dicha perfección en nosotros, nuestro mundo y nuestros asuntos.

Conciencia. Conciencia, es una palabra que ha confundido las mentes de los estudiantes de **metafísica** casi desde un principio, por ser una expresión vaga; no obstante cada vida encarnada o desencarnada y cada Ser Perfecto en planos de luz, no es más que un *estado de conciencia*. La del hombre, comprende eso de lo que él está consciente o de lo que ha conocido a través de la experiencia vivida.

El mundo exterior divide la conciencia en el **subconsciente**; que contiene las experiencias del pasado, las cuales a veces están profundamente arraigadas en su naturaleza. El **conciente**; el cual comprende las experiencias del presente. Y la **supraconciencia**, o desarrollo superior que el hombre lucha por conseguir.

La conciencia es la única propiedad de cada vida individual, y es una actividad que no puede ser robada o destruida. Por lo tanto, lo que un hombre construye dentro de su conciencia por medio de la contemplación y del esfuerzo, es suyo para toda la eternidad.

Cuando los textos griegos afirman que los héroes de la antigüedad como Ulises hablaban con los dioses o luchaban contra los cantos de sirenas, no se limita a relatar un mito, según una intrigante teoría de la Nueva Era. Describen más bien una experiencia literal, pero que tiene que ver más con la evolución de la psique humana que con la experiencia religiosa.

Esta teoría sugiere que la conciencia, tal como la experimentamos comúnmente, es un desarrollo muy reciente, una mutación ocurrida dentro del tiempo histórico. Antes de su aparición, el patrón común de mentalidad humana era muy distinto a como es en nuestros días. Los actos de los individuos eran a menudo controlados no por decisiones conscientes, sino por incitaciones del inconsciente que se manifestaban no como una voz interior, sino en forma de instrucciones alucinógenas que emanaban, aparentemente, del mundo exterior. Poco ha de extrañar que nuestros ancestros creyeran en dioses y espíritus con tanto fervor; conversaban con ellos a diario.

Pero sea cual fuere el estado de conciencia a lo largo de la historia, un hecho ha permanecido constante: la necesidad de la humanidad por cambiarlo. La búsqueda de drogas y técnicas alteradoras de la conciencia se ha vuelto una obsesión de la especie durante milenios. Casi con toda seguridad, el primero de esos recursos fue el alcohol, descubierto probablemente como consecuencia de la fermentación natural.

Pronto vinieron otros narcóticos. Cualquier comunidad cazadora/recolectora debía de tomar muestras de hongos, hierbas, plantas suculentas y otros vegetales alucinógenos que, cuando se comían, desencadenaban cambios profundos en la conciencia y abrían la puerta a experiencias internas nuevas y excitantes. Incluso es posible que tales plantas fuesen originariamente responsables de la creación del **chamán**, una figura omnipresente en las culturas primitivas, si bien los antropólogos modernos han descubierto que el uso de psicodélicos es relativamente raro en el chamanismo mundial.

El chamanismo en sí tiene, no obstante, una importancia vital en el establecimiento de una perspectiva histórica sobre el fenómeno de la conciencia. Su doctrina fundamental en un amplio espectro de culturas consiste en que hay una segunda realidad accesible a través de un cambio en la percepción consciente. Aunque ese cambio se propicia a veces mediante drogas, ocurre mucho más a menudo que es consecuencia de tambores o danzas rítmicas. Las experiencias que se registran en el estado alterado se interpretan, con frecuencia, dentro de un contexto religioso.

Aldous Huxley, que experimentó con mezcalina, una droga alteradora de la mente, efectuó la intrigante sugerencia de que prácticas religiosas mucho más modernas y sofisticadas pueden funcionar en ese mismo sentido. Señaló que la variedad de color en la vida cotidiana es un fenómeno característico del siglo XX, y que cuando más atrás nos remontemos en la historia, la experiencia del color por parte del individuo se confina cada vez más a los pardos y verdes de la naturaleza. Contra este trasfondo, afirmó que el uso de luz de velas, vidrieras y vestiduras de colores en el ceremonial eclesiástico iría encaminado a la estimulación de un cambio de conciencia en la congregación. Otras autoridades en el tema han definido el canto prolongado, una práctica monástica común, como un proceso alterador de la conciencia debido a su influencia en el nivel de dióxido de carbono en la sangre.

Técnicas esotéricas como el **senderismo**, los procedimientos de la **meditación trascendental** y la experiencia visionaria central del **misticismo** incluyen, todas ellas, estados alterados de conciencia y han atraído la atención de muchos científicos de la Nueva Era, entre los cuales John Lilly, que utilizó un depósito de aislamiento en un intento de comprender mejor su propia mente a través de la privación sensorial.

La privación sensorial de este tipo se refleja en una técnica muy antigua, la que se ha dado en llamar *la cuna de la bruja.* La cuna es, en realidad, un saco dentro del cual se suspende al sujeto por la noche de una rama de árbol, una vez que se le ha girado y balanceado para provocar desorientación. Al cabo de unas horas, es de esperar que la privación sensorial origina un estado alterado de conciencia que induce a la **proyección astral**.

Conciencia Cósmica. Expresión acuñada por el psicólogo R.M. Bucke en 1901 para describir la experiencia extática de iluminación que proporciona una vía de acceso al significado del universo.

Conciencia Crística. La Conciencia Crística, o sea, el **Ser Crístico** de todos los humanos, **El Cristo**, en una palabra, no es un cuerpo, es una conciencia.

Conciencia, Estado de. El estado de conciencia en el que vive una persona, determina cuánta felicidad o infelicidad conoce durante su estancia en la Tierra. No hay dos personas que vivan constantemente en el mismo estado de conciencia.

Cada estado de conciencia que atraviesan tiene una vibración diferente. Por supuesto que todas las emociones destructivas tienen una acción vibratoria que es desintegrante para la naturaleza espiritual o conciencia espiritual que se está tratando de desarrollar o formar, a través del **alma**. El alma que es bombardeada por estas vibraciones, las cuales cambian hasta tres veces cada minuto, está tratando de alcanzar la luz de un consejo espiritual de más arriba. El Ser Superior se esfuerza por mandar a través de este ciclón de vibraciones, suficiente presión para poder guiar a aquella alma. Esto significa que el Yo Superior tiene que adquirir una acción vibratoria capaz de pasar a través de esas ondas de vibración, pero aún antes de que su luz pueda anclarse, ya el individuo ha pasado a otra acción vibratoria y otro estado de conciencia. La Conciencia Espiritual vuelve a variar su dirección vibratoria, pero en cuanto llega al alma, ésta de nuevo ha pasado a otro estado de conciencia, "corriendo de cuarto en cuarto", perseguida por el Ser Espiritual que trata de calmarla, para lograr que le entre la luz y la ayuda que necesita.

Conciencia de Grupo. En la cual cada pensamiento y sentimiento, cada virtud o vicio, aumenta esa condición en la conciencia de la masa.

Conciencia Individual. Que es el conocimiento de que uno existe como *Ser Inteligente* que tiene el uso de la energía, facultades y **libre albedrío** para crear y dirigir un plan de vida individual.

Conciencia de Maestro Ascendido. En la cual ya la entidad usa sus facultades creadoras de pensamiento, sentimiento y palabra para producir únicamente lo perfecto voluntariamente.

Confucio El amado Confucio, conocido por sus contemporáneos como el Maestro Kung, nació en 511 A.C. en CH'UEH, de donde la familia se había mudado desde el ducado de SUNG, donde ellos eran parientes de la casa reinante. Se puede relacionar la familia en el año 2,697 A.C.

Sus propias palabras expresan el crecimiento y el desarrollo de su intelecto y genio: "A los 15 años, mi mente estaba enfocada en aprender; a los 30, yo estaba firme; a los 40, estaba libre de ilusiones; a los 50, intenté seguir las leyes de la provincia; a los 60, mis oídos eran atentos a la verdad; a los 70, pude seguir las señales de mi corazón sin exagerar".

Antiguo Director del 2o. Rayo Dorado. Actualmente trabaja en el Retiro de la **Jerarquía Espiritual** en el Royal Tetón. Complemento Espiritual de la Señora Soo Shee. Su Llave Tonal se encuentra en **La Ascensión de la Alondra** de Vaughn Williams. Tiene su retiro etérico en Lasha y es discípulo del señor **Himalaya**. Es el vigilante de la Luz de Asia.

Conrad. Entidad del Rayo Azul. Comandante en Jefe de los ejércitos del **Arcángel Miguel.**

Consonancia. Entidad Cósmica Directora de la Música de las Esferas y responsable de la armonía interestelar.

Copa. Es el **Grial** o Receptáculo de la Luz como lo puede ser el **Cristo Interno** para el hombre. El Cáliz del cual todos los sedientos de la Luz y la **Verdad** pueden beber. Patrón electrónico del **Maestro El Morya** y la Señora **Miriam.**

Corazón Central De La Creación. El Corazón Central del Universo al cual la humanidad decidió llamar **DIOS**, luego designado por muchos canales de pensamiento espiritual como **El Gran Sol Central**, es literal, práctica y absolutamente **La Fuente** de cada alma individual destinada a alcanzar la Maestría de la energía, que forma el latido de su corazón y la esencia de su vida.

La Gran Omnipresencia Universal, siendo la primera causa, crea; como esa Gran Omnipresencia Universal es **vida**, todo lo que de allí emana, es también vida, por lo tanto, es una *entidad.* Sus creaciones son Ideas. Hasta el hombre es una idea exteriorizada viviente. Todas las Ideas son entidades con Vida, Inteligencia, Amor y sentimiento. El **Plan Divino** consiste en que cada individuo tenga libertad para manifestar el potencial divino y desarrollar cada germen de idea hacia su futura grandeza, según el temperamento peculiar de ese individuo.

Cordón Plateado. Es un triple nexo de unión entre El **"Yo Soy", El Cristo** y la personalidad. Penetra por la cabeza, por el parietal y el occipital y se ancla en el corazón humano alimentando la Sagrada Llama Triple del Corazón.

El cordón de plata (o cristalino) es la corriente de vida que desciende del corazón de la Presencia YO SOY a través del Santo Cristo para nutrir y sostener (a través de los **chakras)** el **alma** y sus vehículos de expresión en el tiempo y en el espacio. A través de este cordón "umbilical", fluye la energía de la Presencia, entrando en el ser del hombre por la coronilla y suministrando el ímpetu para la pulsación de la llama trina así como para el latido físico del corazón.

Cuando se cumple un ciclo de encarnación del alma en la forma-materia, la Presencia YO SOY retira el cordón de plata, con lo cual la llama trina regresa al nivel del Cristo; el alma, ataviada de la vestidura etérea, gravita hasta el nivel más elevado de su logro, donde es instruida entre una encarnación y otra, hasta su encarnación final, cuando la gran ley decreta que no saldrá más.

La paloma del **Espíritu Santo** que desciende del corazón del padre se muestra justamente encima de la cabeza del Cristo. Cuando el hijo del hombre se reviste y se convierte en la **Conciencia Crística**, como hizo Jesús, se funde con el Santo Cristo. El Espíritu Santo está sobre él y se pronuncian las palabras del Padre, la amada Presencia YO SOY: "Este es mi hijo amado, en el cual me complazco" (Mateo 3:17).

El cordón es el vínculo que conecta el cuerpo físico y el **cuerpo astral**, según afirman algunos practicantes de la **proyección astral**. Uno de los más conocidos exponentes de la proyección etérea, Sylvan Muldoon, la describe en estos términos:

Mis dos cuerpos idénticos estaban unidos por un cordón de aspecto elástico, un extremo del cual estaba unido a la región de la *medulla oblongata* de la contrapartida astral, mientras que el otro se unía a la contrapartida física entre los ojos. Dicho cordón abarcaba el espacio de casi dos metros que nos separaba.

Durante la proyección, el cordón parece casi infinitamente elástico, lo que permite que el segundo cuerpo se aleje cientos, o quizás incluso miles de kilómetros del primero. Cuando el uno y el otro se aproximan, en cambio, el cordón se espesa un poco y origina una tracción que tiende a reabsorber el cuerpo segundo en el cuerpo físico.

En la **Biblia** encontramos una mención pasajera de un cordón de plata que se corta en el instante de la muerte; muchos ocultistas lo interpretan como una alusión al cordón que se observa en las proyecciones astrales.

Cosmos, Gobierno del. Por Ley de Correspondencia "Como es Arriba es Abajo...", el Mundo invisible, o lo Planos Superiores, el Cosmos o como quiera llamárselo, tiene su Gobierno con Jefes, Oficiales, Directores y legiones de servidores. Todos estos son seres que han vivido y evolucionado en las esferas inferiores, como cualquier otro, y que continúan evolucionando pues hasta los Seres de Luz más altos que conocemos continúan ascendiendo y pasando de un cargo a otro. No se está ocioso en esos mundos, ni sentados en una nube contemplando a **Dios** y tocando un instrumento.

Creación. El Sol de nuestro sistema es sólo uno de los siete soles en la galaxia a la cual pertenecemos. La

Tierra es uno de los siete planetas que pertenecen a ese Sol. Toda actividad en el Universo está bajo la dirección, control y guía de algún majestuoso Ser Cósmico. Los que se ocupan del mantenimiento de nuestro Sol y sus siete planetas se llaman **Helios y Vesta.** (Arriba como abajo, todo es por parejas. Masculino y Femenino. Helios, masculino y Vesta su complemento Divino Femenino, porque así se les llama en ese plano, lo que correspondería a esposo y esposa aquí en nuestro plano.

Después de recibir su iniciación Cósmica Solar, Helios y Vesta diseñaron los siete planetas de nuestro sistema y grabaron el patrón en lo que allá se llama El Corazón del Guardián Planetario Silencioso de nombre **Inmaculatta,** quien sostuvo para el uso de los Siete Elohim de la Creación quienes fueron los que crearon la nebulosa y posteriormente la materializaron físicamente según el proyecto de los señores del Sol.

Cristales. En uno de sus ensayos, Aldous Huxley explora el misterio de porqué las piedras preciosas son preciosas y por qué las estructuras cristalinas han ejercido una fascinación tan grande para la humanidad desde épocas prehistóricas. Huxley despreciaba el argumento común en el sentido de que determinadas piedras son valiosas simplemente porque son raras. Señaló que existen otras sustancias mucho más raras que no poseen atractivo alguno. Pero habiendo ingerido la droga psicodélica mezcalina y experimentado visiones realistas, desarrolló su propia teoría. Las piedras preciosas son preciosas porque nos recuerdan las imágenes resplandecientes de los mundos internos, impregnadas de luz y color. Los cristales incluso los más comunes, como el hielo o los copos de nieve causan, esencialmente, el mismo efecto. Contemplar un paisaje transformado de repente por la nieve equivale, literalmente, a presenciar un acto de magia.

En las profundidades de la prehistoria, nuestros ancestros europeos nos legaron un misterio cuando construyeron círculos megalíticos y avenidas de menhires a un costo enorme en tiempo y esfuerzo. Aún no sabemos con certeza porqué hicieron eso, pero sí sabemos, gracias a la labor de los científicos de la Nueva Era, que algunas de esas construcciones antiguas generan un campo energético medible y una parte de ellas producen infrasonidos y ultrasonidos bajo la incidencia del sol naciente. La razón por la que hacen eso es que las piedras utilizadas en su edificación tienen un elevado contenido de mica y/o cristal de cuarzo.

Resulta un hecho curioso que culturas chamánicas tan distantes como los esquimales *tlingit* y los *coniba* amazónicos consideren que los cristales de cuarzo poseen un poder especial. La teoría chamánica sostiene que la realidad encierra un aspecto interno y un aspecto externo, y los **chamanes** son personas preparadas para explorar los mundos internos. Tales exploraciones demuestran que aquello que percibimos como un árbol físico puede tener un aspecto interno, espiritual, en la forma de una figura humana, una piedra de formas caprichosas o una columna de niebla. Pero los cristales de cuarzo son únicos. Sus aspectos interno y externo son idénticos, las únicas estructuras conocidas en nuestro planeta que exhiben esta característica. Esto los hace ideales para la tarea de la magia.

La noción de la condición mágica de los cristales no se limita a las sociedades primitivas. Cuando los magos isabelinos John Dee y Edward Kelly trataron de comunicarse con los **ángeles**, lo hicieron con la ayuda de una bola de cristal. Este procedimiento no era, bajo ningún concepto, inusual. Los mediums y adivinos de todas las épocas han recurrido a bolas de cristal en sus intentos de predecir el futuro. En la actualidad, la mitad de las veces ese instrumento se fabrica con vidrio vaciado, pero se admite que eso constituye una mala imitación del material real. El instrumento ortodoxo es una esfera de cristal pulimentado.

Los psicólogos interesados en tales temas han postulado que las bolas de cristal funcionan al proporcionar una fijación visual brillante que facilita al usuario su puesta en trance. Puede que esto sea cierto, pero hay ocultistas que están convencidos de que los cristales tienen una influencia física mucho más directa en aquellos que establecen contacto con ellos, generando así efectos entre los que se incluye la curación.

Si están en lo cierto, los científicos rusos podrían haber descubierto el motivo de este fenómeno. Durante los años sesenta, un artículo aparecido en *Khimiya i Zhizn*, el boletín de la Academia Soviética de ciencias, investigó la posibilidad de que la propia Tierra sea un cristal gigante.

Según esta teoría, un retículo cristalino, que proporciona una matriz para la energía cósmica, podría haber formado parte de la estructura original de nuestro planeta emergente. Más interesante todavía, esta estructura es visible aún en doce bloques pentagonales que recubren la superficie del globo.

Los soviéticos cubrieron el dodecaedro resultante con 20 triángulos equiláteros, y han afirmado que la estructura geométrica entera ha influido sobre fenómenos tan diversos como anomalías magnéticas, fallas terrestres, volcanes, yacimientos de minerales y petrolíferos, migraciones de aves, centros de ciclones, radiaciones solares e incluso el emplazamiento de civilizaciones antiguas.

Cristiano. Aquel que sigue los principios Cristianos sean del **Cristo Interno**, Cósmico o histórico conocido como **Jesús**.

Cristo. Ungido, lleno de la Gracia Divina; Segundo Aspecto de la Divinidad, El Hijo. Existen tres acepciones de Él: **El Cristo Interno**, **El Cristo Cósmico** y el **Cristo Histórico**. Sus tres aspectos divinos son: Voluntad, Sabiduría y Amor.

Cristo Cósmico. Es el Hijo Cósmico o *vishnú* que se hipostasea para la Tierra en el Cristo de la Tierra que actualmente es el Señor **Koot Hoomi.**

Cristo Histórico. Es el Maestro Jesús que encarna en sí mismo todos los Principios Divinos que al Cristo conciernen.

Cristo Interno. Segundo aspecto de la Trinidad en el hombre conocido como el Ego y también como el Alma Espiritual. Es un Angel Solar encadenado por amor a los hombres para ascender a la **Divina Presencia Yo Soy** los cuatro vehículos inferiores. Vive en el plano mental superior, es el punto de unión de la Tríada Monádica del Yo Soy con el cuaternario inferior de la personalidad. Se manifiesta como una **Llama Triple**.

Azul - Voluntad
Dorado - Sabiduría
Rosado - Amor

Su residencia es un Loto de 12 pétalos y su nombre OM MANI PADME HUM que quiere decir Yo Soy lo que Yo Soy.

Cruz Cardinal. Es la Cruz de la Iniciación. Tiene la Luz de los Siete Logos Solares. Rige a la **Presencia Yo Soy**. Es la Cruz del Padre. Está conectada con los signos de Aries, Cáncer, Libra y Capricornio. De las cruces del calvario es la de Jesús.

Cruz Fija. Cruz del discípulo en prueba. Cruz del Cristo Interno y del hijo. El Maestro **Djwal Khool** dice al respecto: Soy el alma y aquí permanezco. Nada moverá mis pies fuera del estrecho lugar en el que permanezco. Enfrento la Luz, Soy la Luz y en esa Luz veré la Luz. Pertenecen a esta cruz los signos de Tauro, Leo, Escorpio y Acuario. De las cruces del calvario es la del buen ladrón.

Cruz De Malta. Patrón electrónico del Maestro **Saint Germain.** Cruz de la Nueva Era. Símbolo del equilibrio de los 4 vehículos inferiores y los 4 elementos. Pirámide de Luz abierta a los cuatro vientos en la conciencia de "**Yo Soy**".

Cruz Mutable. Es la cruz de la personalidad, los 4 vehículos inferiores. Nutre y desarrolla al **Cristo**. Es la cruz del cambio. Está conectada con los siguientes signos: Géminis, Virgo, Sagitario y Piscis. De las cruces del calvario representa al mal ladrón.

Cuarto Camino De Gurdjieff. La cosmología propuesta por G.I. **Gurdjieff**, que habla de anillos dentro de anillos y de almas aspiradas para alimentar la Luna, es tan simbólica que muchos de sus seguidores la han abandonado parcialmente, y para establecer los puntos oscuros han tenido que recurrir a la obra de sus primeros discípulos, como Ouspensky, Orange o Bennett. Pero la psicología de Gurdjieff es algo más.

La base de sus enseñanzas es la idea de que los seres humanos, con sólo raras excepciones, viven en un estado análogo al del sueño. Aunque nos sentimos despiertos y en control de nuestras acciones, en realidad sucede lo contrario. Las situaciones e incidentes que nos ocurren son efecto de una multitud de causas, y actuamos como si fuésemos robots.

Según Gurdjieff, términos como evolución y progreso carecen de significado cuando se aplican a la vida de un individuo corriente. No resulta posible progreso alguno hasta que hemos conseguido superar nuestro curioso estado soñoliento. Con el fin de ayudar a sus discípulos a superar esa condición. Gurdjieff diseñó una serie de ejercicios físicos y psicoespirituales, que reunió bajo el título general de "*La Obra*".

Si bien tomaba elementos de fuentes diversas, el sistema se basaba en una idea fundamental: los seres humanos permanecen dormidos porque durante la mayor parte del tiempo se olvidan de sí mismos, es decir, no son conscientes de participar activamente en el drama de la vida. La atención de los seres humanos está dirigida de un modo constante hacia el exterior, por lo que sus reacciones se desencadenan tan sólo a partir de estímulos externos. Gurdjieff enseñó que para despertar se hace necesario acordarse de uno mismo. Cada persona debía desarrollar el hábito de tomar conciencia de sí misma.

Varios de los ejercicios diseñados para lograr este objetivo resultaban extraños. Uno de los grupos, por ejemplo, se regía por la siguiente norma: al recibir una señal, todos y cada uno de sus miembros debían permanecer inmóviles en la postura en que se hallaban en aquel momento. Los integrantes del grupo estaban obligados a mantener esa postura, aunque fuese incómoda, hasta que recibieran una segunda señal.

Cuaternario Inferior. Es el conjunto del cuerpo, físico, etérico, astral y mental inferior. Conocido también como la personalidad o el cuerpo.

Cuatro Vehiculos Inferiores, Los. Se ha dicho que "Dios necesita un cuerpo" y que para este propósito, fueron creados los cuatro cuerpos inferiores del hombre, o sea, las formas física, emocional, mental y etérica.

El estudiante alcanza el conocimiento intelectual de que él no es el cuerpo físico y que hay una Presencia Divina que es su propia identidad eterna dentro del ropaje físico, pero sin embargo, comprende hasta cierto grado que el cuerpo físico es un organismo inteligente, viviente, que respira, que posee apetitos propios, y que como todo animal superior,el cuerpo físico busca la satisfacción de estos deseos por la vía de sus cinco sentidos. Los estudiantes que aprenden esto, se encuentran alertas para identificarse con el Principio Superior Divino, y están aprendiendo a gobernar el "traje de carne", con cierto éxito.

Hay pues, otras tres entidades inteligentes, vivientes, que pertenecen a cada corriente de vida, es decir, el etérico, el emocional y el mental inferior. Tienen su propia inteligencia y sus propios apetitos.

Estos cuatro cuerpos inferiores han gobernado al hombre a través de su ser conciente durante siglos, actuando independientemente de la chispa espiritual que debería ser la Inteligencia dirigente actuando a través de todos..

Cuba. Isla del Caribe. Parte de la Antigua Atlántida. Isla sagrada sede del Templo del **Fuego Sagrado** del **Amado Zadquiel.** Uno de los puntos focales de la Triangulación Violeta del Caribe.

Cuerpo Astral. La tribu africana de los *azande* cree que todos los seres humanos tienen dos almas, una de las cuales, llamada *imbisimo*, abandona el cuerpo durante el sueño. En Birmania, existe también la creencia en una segunda **alma** que está vinculada a una mariposa. Los *bacairis* de Sudamérica hablan de una *sombra* que viaja fuera del cuerpo cuando nos quedamos dormidos.

Estos ejemplos configuran tan sólo la punta de un *iceberg*. Un informe ha demostrado que no menos de cincuenta y siete culturas sostienen una firme creencia en una especie de segundo cuerpo. La cifra sería bastante más elevada si se incluyeran las culturas antiguas.

En el antiguo Egipto, por ejemplo, se creía comúnmente que la humanidad poseía tres almas.

Estas eran denominadas el *Ba*, el *Ka* y el *Ib*. El *Ba* era el alma-pájaro, el *Ib* era el corazón, pero el *Ka*, curiosamente era conocido como el doble. Los egipcios creían que se trataba de una imagen reflejo del cuerpo físico, compuesto de un material más fino.

Este *Ka*, bajo una enorme diversidad de nombres, sería reconocido de forma instantánea por los iniciados en **yoga** de la India, el Tibet y China..., y por los ocultistas de la Nueva Era. Muchos sistemas esotéricos postulan de hecho la existencia de toda una serie de cuerpos sutiles, uno dentro de otro, como un juego de muñecas rusas. Esta noción, implantada en Europa y América por Madame **Blavatsky** y sus teosofistas, ha arraigado firmemente en el pensamiento occidental de la Nueva Era.

La cantidad de cuerpos que se cree conforman una persona, depende del subsistema concreto que se estudie. La mayoría de autoridades incluyen tres cuerpos: el astral, el mental y el espiritual. Cada uno de ellos tiene sus propias características, función y esfera de actuación, y cada cual está integrado por un material progresivamente más fino.

Esta multiplicidad ha acarreado dificultades de terminología. La palabra **astral** suele aplicarse a cuerpos sutiles distintos que, según argumentan algunas autoridades, deberían considerarse como separados y diferentes. En particular, el cuerpo etéreo recibe con frecuencia el calificativo de astral (*véase* **cuerpo de luz** y **proyección astral**).

Cuerpo Causal. El cuerpo que sirve de vestidura al **Cristo Interno** durante su ciclo de encarnaciones, y que en siete círculos concéntricos con los colores de los 7 Rayos almacena ordenadamente, la más pura esencia de las existencias obtenidas por el cuaternario inferior durante su evolución.

Los bellos colores del cuerpo causal, son representativos de las **siete esferas** de conciencia que es el aura natural del Sol de nuestro sistema, y en menor grado, es la exteriorización de la cantidad de energía calificada que le es dada a cada vida según progreso a partir del estado puro de inocencia. Dentro de estas esferas, todo el bien acumulado por experiencias pasadas descansa hasta que el mundo físico esté lo suficientemente armonioso para beneficiarse de este depósito del bien. El cuerpo causal de cada individuo varía en tamaño y calidad de acuerdo con la cantidad de energía calificada constructivamente a través de las edades, tanto dentro como fuera de un cuerpo encarnado.

Los colores en el círculo o Cuerpo Causal, están en el orden siguiente: Primero AZUL, inmediato a la cabeza; le sigue el AMARILLO DORADO; luego -siempre hacia afuera- el ROSA; después la Banda BLANCA; luego la VERDE; la ORO-RUBI. (Por razones desconocidas, no se le llama "anaranjado") Y por último, la banda VIOLETA.

De la frente le salen siete rayos, uno por cada color, por donde Él irradia Sus virtudes hacia donde sea necesario. Así es el Macrocosmos. Cada uno de nosotros es un microcosmos.

Las virtudes de cada color son las siguientes:

Azul.- Representa la VOLUNTAD DE DIOS en el Macrocosmos. La Voluntad como virtud, en ti. El

Poder, la Fe, el Bien, la Felicidad, el Equilibrio y la **Paz**.

Amarillo Dorado.- Y Segunda Persona de la **Trinidad** representa la inteligencia, Sabiduría, Iluminación, Comprensión y **Paz**.

Rosa.- Amor Divino, Adoración, Opulencia, Belleza y **Paz.** (Todos los Rayos emiten Paz).

Blanco.- Representa la Pureza, el Arte, la **Paz**, y logra la Resurrección y la Ascensión.

Verde.- La **Verdad**, la **Salud**, la **Sanación**, la Música, la Consagración, la Concentración y la **Paz.**

Oro-rubí.- La Gracia, la Providencia, el Suministro (o el "Pan Nuestro de cada día") y la **Paz.**

Violeta.- El **Perdón,** la **Misericordia**, la Transmutación y la **Paz.**

Cuerpo De Luz. Expresión a menudo considerada sinónima de **cuerpo astral**, el cuerpo de luz tiene una acepción especial en la orden hermética del **Alba Dorada**, en la que se designa un vehículo de creación artificial para la **proyección astral.**

Cuerpo Emocional. El cuerpo emocional fue creado de la sustancia emocional o mundo sensorial que es el mismo reino donde funcionan las entidades llamadas **ángeles y arcángeles.** Su propósito es irradiar e intensificar las virtudes que dan felicidad como la **paz, perdón, misericordia**, pureza, etc.

Cuerpo Etéreo. Segundo cuerpo, imagen especular del cuerpo físico, por regla general coincidente, que en determinadas circunstancias puede proyectarse y convertirse en el vehículo primario de la conciencia. En el ocultismo tradicional, el cuerpo etéreo está formado por una materia más fina, pero las investigaciones recientes indican que pueden tratarse de un fenómeno de campo, concretamente de naturaleza eléctrica.

Cuerpo Etérico. El cuerpo etérico es la imagen y figura verdadera de la forma humana tangible, pero compuesta de un material mucho más sutil. Dentro de este cuerpo están las relaciones y recuerdos de todas las experiencias sufridas por el individuo a través de incontables vidas. Es también el medio para la transmisión de fuerzas a todas las partes de la forma humana. Determina las condiciones del cuerpo físico, porque en sí, es depositario y transmisor de energía, así como el verdadero intermediario entre los mundos internos y externos del hombre.

Cuerpo Físico. Al igual que en el caso de los otros cuerpos, el físico también es creado de la sustancia de su propio reino. Su función, tal como la percibimos, es ejecutar los actos físicos y manifestar en el mundo de las formas. Este cuerpo está hecho de minúsculas partículas de luz que llamamos electrones, y éstos son emitidos desde la fuente de Energía Universal y prestados al individuo para crear un ropaje de carne a imagen y semejanza del **Ser Crístico**. Sin embargo, la realidad no es el cuerpo físico, el cual es un mero punto de anclaje en la Tierra para los rayos de luz que se proyectan directamente desde la fuente divina.

Cuerpo Mental. El cuerpo mental, el cual fue hecho de la sustancia del reino mental es muy similar al **Ser Crístico** por el hecho de que debía ser el vehículo del ser Crístico en su manifestación interior o exterior. La actividad mental funciona a través de este cuerpo el cual contiene la suma de todos los conceptos, opiniones, conocimientos y conclusiones humanos extraídos de todas las fuentes de información. La mente fue creada para que fuese *sirviente* de la llama individualizada y *no* su dueño. Debía ser el instrumento para crear y mantener el patrón o la visión hasta que la manifestación física pudiese efectuarse.

Cuerpos del Hombre. Son siete y son el vehículo de manifestación del **Yo Soy** o la **Mónada.** De arriba abajo son:

1. Cuerpo Monádico o "Yo Soy"
2. Cuerpo Atmico o Espiritual
3. Cuerpo Buddhico o Intuicional
4. Cuerpo Mental o Pensante
5. Cuerpo Astral o Emocional
6. Cuerpo Etérico o Vital
7. Cuerpo Físico o Sólido

Curación Psíquica. Una técnica terapéutica que comprende la **canalización** de la energía **psi** o espiritual del sanador hacia el paciente, con frecuencia mediante la imposición de manos y/o la oración. Es posible que algunos ejemplos de este tipo de curación implique una transferencia del **ch'i** personal o universal.

CH

Chakras. Literalmente significa rueda. Son centros de energía vital. Los siete chakras conocidos popularmente son sólo algunos de los tantos existentes no sólo en el cuerpo físico-etérico, sino en el astral y mental. Son puestos en actividad por la ascensión de la Madre Kundalini a través de los canales etéricos en la columna vertebral. No se debe intentar este trabajo por voluntad personal. Ese es un trabajo encomendado a la **Presencia "Yo Soy"** y a la Madre Divina.

Chakra	Lugar	No.de Pétalos	No. de Rayo
MULADHARA	Base de la columna	4	4to
SVADISHTHANA	Organos sexuales	6	7mo
MANIPURA	Plexo Solar	10	6to
ANAHATA	Corazón	12	2do
VISHUDDHA	Garganta	16	3er
AJNA	Entrecejo	96	5to
SAHASRARA	Coronilla	1000	1er

En el **yoga** oriental y el pensamiento mágico de Occidente, los **chakras** son centros de energía que existen dentro del aura humana con el objetivo de absorber, transformar y distribuir la energía universal del **prana** o **ch'i**. Hay siete chakras principales: el chakra raíz, situado en la base de la columna vertebral; el chakra sacro, localizado en la región sexual-genital; el chakra umbilical o plexo solar; el chakra cardíaco; el chakra de garganta; el chakra frontal, situado entre las cejas; y el chakra de coronilla, en la parte superior de la cabeza.

Como se dijo antes, la voz chakra significa de hecho rueda, y se utiliza porque los centros parecen girar cuando se observan mediante visualización clarividente. Tanto la **tradición esotérica occidental** como la oriental han desarrollado sistemas, que incluyen por norma general la **visualización**, para estimular los chakras en beneficio de una buena salud y/o la iluminación mística. Cuando el **kundalini**, enroscado en la base de la columna vertebral, se estimula, circula a través de los chakras.

Chamán. Un chamán es seguidor de una tradición visionaria que se remonta a los albores de la prehistoria, y se funda en la visión animista del mundo. Tradicionalmente usará la percusión rítmica, la danza, el **canto**, el ayuno, las drogas, los baños de vapor, y la **Búsqueda de la Visión** para inducir estados de trance durante los cuales el alma del chamán es admitida en los mundos espirituales, donde encuentra aliados para sus prácticas de curación, **adivinación** y **magia**. Las técnicas son similares en todos los pueblos primitivos, ya sean de Australia, del Amazonas o de Europa oriental.

Considerado durante mucho tiempo como una forma primitiva de la religión y precursora de ésta, el chamanismo ha tenido en la Nueva Era un renacimiento que da lugar a la especie inédita del chamán urbano, a veces provisto de impecables títulos como antropólogo pero inclinado a poner los sistemas ancestrales al servicio de las necesidades modernas.

Chamuel. Arcángel del 3er Rayo Rosa del Amor Divino. Complemento Divino de la Amada Caridad. Su Llave Tonal se encuentra en el Regina Coeli de la Opera *Cavallería Rusticana* de Mascagni.

El arcángel **Chamuel** es el arcángel del amor, adoración y devoción a **Dios**. Él y su Divino Complemento CARIDAD, están consagrados al desarrollo, en la conciencia exterior de los humanos de la Gratitud y Adoración a su origen (DIOS) y a estimular el desarrollo dentro del corazón humano.

Chela. Chela es un término que denota al estudiante o al discípulo de un instructor religioso. Deriva del hindi *cela*, que a su vez proviene del sánscrito *ceta*, que significa esclavo. En la tradición oriental del discipulado, reconocido durante miles de años como el camino de la automaestría y de la iluminación, el que desea que se le participen los misterios de la ley universal se presenta ante un instructor conocido como **guru** y a quien se considera maestro (en todos los tiempos, entre los gurus verdaderos ha habido tanto maestros ascendidos como no ascendidos) y sirve a ese instructor hasta que se le considera digno de recibir las leyes de su propia realidad interna.

En la tradición oriental el chela es el esclavo de su maestro por una buena razón: no para la pérdida de su verdadera identidad, sino para el reemplazo de la seudoimagen por la Imagen Real de la individualidad. A través de la sumisión, día a día el chela teje en su conciencia los hilos de la veste del maestro, que (como la túnica tan buscada del **Cristo**) es sinónimo de la conciencia del maestro.

En recompensa por la obediencia iluminada y el amor abnegado, el chela recibe incrementos del logro del maestro, es decir, del propio logro del Yo Real por parte del maestro.

Así, la esclavitud de un hombre es la liberación de otro; la liberación de un hombre es la esclavitud de otro. En verdad. todos los hombres son prisioneros de su propio **karma** y todos los hombres se liberan a través de su propio karma.

El verdadero instructor enseña al chela a enfrentar su karma: pasado, presente y futuro. Le muestra cómo estudiar la ley de la causalidad a partir de su propia vida y a seguir la pista de las razones de las condiciones indeseables del presente, hasta llegar al meollo de sus acciones pasadas y sus interacciones con individuos, los miembros de su familia y el mundo en general. Así, las reacciones del pasado producen las ramificaciones del presente; y paso a paso al chela se le enseña a deshilvanar los hilos oscuros de sus errores pasados de la tela de su conciencia, para que en el karma del futuro pueda recoger una más abundante cosecha.

Ch'i. El *ch'i*, en el pensamiento esotérico y médico chino, es una energía universal generada por el sol y aprovechada en el interior del cuerpo humano. La manipulación de esta energía, que se manifiesta en las polaridades positiva y negativa del **yin** y el **yang**, constituye la base de la **acupuntura** médica. El control de la energía se utiliza también en el **yoga** chino y en algunas ramas de las **artes marciales**. El concepto del *ch'i* parece ser prácticamente idéntico al **prana** hindú.

D

Dalai Lama. Suprema autoridad del Budismo Tibetano, quiere decir Océano de Sabiduría. Es considerado encarnación de **AMIDA Buda**.

Darshan. Este término viene del sánscrito y significa literalmente visión o mirada. Con todo, no existe relación alguna con la experiencia visionaria. Más bien, según la fe hindú, *darshan* es un tipo de energía o esencia, llena de alusiones a una bendición espiritual, que un santo puede transmitir a un discípulo a través de su mirada. Significa también el hallarse en presencia de un **guru**.

Darshanas. Sistemas filosóficos o Escuelas Metafísicas del Hinduismo. Existen 6: 1) *Vaisechika* 2) *Nyaya* 3) *Purva Mimanja* 4) *Sankhya* 5) *Yoga* 6) *Vedanta*.

David. El significado del nombre de David, es: Amado, bienamado. Era hijo de un hombre llamado Jessé. En Español lo llaman Isaí. Esta era una familia humilde, granjera, de Betlehem, que es Belén, el mismo pueblo donde nació Jesús, y es significativo que el Padre, Isaí o Jessé, tiene por nombre la misma raíz de Jesús, de Isaías: Jehová es la salvación. El que Es. El que da. Y David, el nombre de David lo dice.

David. La vid es simbólica de la vida, la viña, la sangre. David, da vida.

David, es una de las figuras más importantes de todo el Antiguo Testamento. Así como el **Cristo** es la figura que se destaca en el Nuevo Testamento, David, es el Cristo del Antiguo.

A **Jesús**, lo nombraron a menudo Hijo de David, y el Diccionario Metafísico de la **Biblia** dice que David, era una encarnación anterior de Jesús.

Deseo. Condición del cuerpo y plano astral que debe ser transmutado de los deseos de los cuatro vehículos inferiores a aspiraciones de carácter espiritual. Existen cuatro tipos de deseos:

DESEO DE CONOCER
DESEO DE POSEER
DESEO DE POSEERLO SIEMPRE
DESEO DE ADQUISICION

Deva. Un ser celestial de cuerpo resplandeciente. Es lo que se conoce en Occidente como un ángel. Existen devas de los árboles, montañas, lagos, etc. El Regente Cósmico de los Devas es el Señor Indra. Según el plano al que pertenece.

AGNISHCHAITAS: Devas del plano físico
AGNISURYAS: Devas del plano astral
AGNISHVATTAS: Devas del plano mental

Este término conlleva significados distintos según si se utiliza en el contexto de la **teosofía** o el **zoroastrismo**. En este último, se refiere a espíritus malignos gobernados por el Señor de las Tinieblas. En la primera, denota una jerarquía de espíritus que contribuyen a la regulación del universo. En el sánscrito original, la palabra deriva de seres celestiales.

Hoy en día, esta voz se usa comúnmente para designar los espíritus de la Naturaleza, sobre todo aquéllos que estimulan el crecimiento de las plantas.

Dharma. Es la Ley que cada ser, grupo, ciudad, país o mundo debe cumplir de acuerdo a su evolución.

Día. Días y noches en la **Biblia** son símbolos de grados de desarrollo. La noche es ignorancia. El día es comprensión.

Dios. El Ser Supremo. El Absoluto. Su Ser es la suma de todo lo manifestado e inmanifestado, es el TODO. No existe nada que no sea Él. Su nombre es **Yo Soy** porque es la primera expresión del ser en acción. Sus tres primordiales aspectos son:

1. Voluntad
2. Sabiduría
3. Amor

Dios Himalaya. Esta es la primera vez que la Presencia de esta Entidad Luminosa es traída al conocimiento del mundo exterior. De Él es que reciben sus nombres los Montes Himalayas. Desde que éstos fueron conocidos han constituido una corriente de vida sagrada y mantenida inflexible. Por esto, aquellas almas que entraron en su radiación fueron elevadas a la unión con la Forma Fulgurante de Él, de donde ellas han estado enviando sus Rayos de Actividad para bendición de la humanidad. De ello deriva el gran magnetismo del Tibet.

Hoy existen miles, que procedentes de la India, han reencarnado en América. Asimismo hay miles de americanos renaciendo en la India para traer su mixtura y su proceso de equilibrio a ambas secciones de la Tierra.

Esta gran Entidad que ha sido presentada después de muchas centurias en el **Gran Silencio**, da este paso hacia acá para ejercer el proceso consciente de espíritu y manifestación, ofreciéndo el cáliz de fuego líquido espiritual, derramándolo en los corazones de la humanidad para provocar en ella un deseo mayor de luz proveniente de la Gran Fuente de Luz **YO SOY** Dios en Acción en todas partes.

La entrada de esta Gran Presencia a la actividad humana se regará como un hilo de luz a través de todas las Américas; y expandiendo su Luminosa Presencia como un manto de nieve dorada que va cayendo suavemente, será absorbida por las mentes humanas, la mayoría de las cuales no se darán cuenta, aunque algunas sentirán esa Presencia penetrante interior.

Si aquellos que están bajo esta radiación continúan en un bello y armonioso progreso, será posible traerles a la atención ciertas actividades del fluido nervioso que apresurará sus maestrías sobre la forma exterior, lo que quiere decir, maestría sobre todas las condiciones que aparentan aprisionarlos.

Los estudiantes deben comprender que los Maestros no vienen a ellos por iniciativa individual de ellos, sino que son los Maestros los que han escogido a los estudiantes para que éstos reciban su Radiación. Es un privilegio que no se puede calificar en palabras. Sólo se puede sentir o ver.

De acuerdo con una necesidad imperante, el Maestro Himalaya quiso venir a este plano. Él trae una mezcla especial de América y de la India, y por eso es que le es posible aparecer aquí.

Discípulo. Aquel ser que ha sido aceptado por un Maestro para ser instruido y guiado por él directamente a través del Sendero de la Ascensión. El discipulado no es una relación mediumnímica sino real, tangible y visible. El verdadero discípulo generalmente guarda silencio sobre su relación con el Maestro.

Djwal Khool. Jerarca del Templo de la **Gran Hermandad** Blanca e Instructor Mundial junto con el Maestro Lanto y el Maestro **Koot Hoomi** del cual fue discípulo. Fue en vidas pasadas Aryasanga, famoso escritor **Budista**; Dharmayoti, uno de los seguidores del Señor **Gautama**; Kleinias, el discípulo de Pitágoras. Es conocido como El Tibetano o Maestro D.K. A través de **Alice Bailey**, escribió una serie de libros que contienen las enseñanzas espirituales de la Nueva Era. Su Llave Tonal se encuentra en el aria de la *3ra Suite* de Bach.

Doctrina del Corazón. Es la enseñanza espiritual verdadera, con la correcta participación del pensamiento y del sentimiento. Emanó del Corazón del Señor **Gautama Buda**.

Doctrina del Ojo. La enseñanza espiritual que se basa en el conocimiento intelectual puramente mental y fríamente calculado.

Doctrina Secreta. Toda aquella enseñanza esotérica del más alto calibre espiritual, solamente disponible en los retiros de los Dioses y Maestros para las individualidades que califiquen en su evolución y merezcan recibir tan oculta Sabiduría. Libro de Helena Petrovna **Blavatsky** que contiene:

1. Cosmogénesis
2. Simbolismo Arcaico
3. Antropogénesis
4. Religiones del Mundo y Ciencia
5. Filosofía
6. Objeto de los Misterios y Prácticas de Filosofía Oculta.

Dogma. Doctrina religiosa que deben aceptar los fieles por autoridad. Palabra que desaparecerá ya que en las enseñanzas espirituales de la Nueva Era no existen dogmas.

Donación Amorosa. Acto a través del cual se da dinero u otra cosa a beneficio de un grupo espiritual. En la Nueva Era, no se cobra por las enseñanzas espirituales y la única forma de mantener los focos físicos de la enseñanza es a través de las dádivas. La donación amorosa no es una limosna. Es algo mucho más grande y por lo tanto hay que dar lo suficiente como para poder realizar el trabajo de la **Jerarquía Espiritual**. El que da más, también más le será dado y el que no da, aún lo poco que tiene le será quitado. El que no da donación amorosa, está en deuda con la Ley del **Karma**, ya que recibe y no da. La Donación Amorosa es el Diezmo de la Nueva Era.

Druidas. Las nociones victorianas que relacionaban a los druidas con la construcción de Stonehenge y otros círculos megalíticos son perpetuadas hoy en día por las ceremonias de solsticio organizadas por las órdenes druidas modernas. Pero las grandes piedras precedieron de largo al más antiguo de los druidas históricos, que sólo pudieron utilizarlas si es que las usaron en alguna ocasión como monumentos culturales.

También este uso es cuestionable. El nombre druida procede probablemente de las voces gala y griega que designan roble, y Plinio, uno de los muchos autores clásicos que mencionaron el clero celta prerromano, describe una ceremonia, en un bosque de robles en la que se cortaba el muérdago del tronco de un roble con una hoz de oro, en el sexto día de cada ciclo lunar.

El muérdago, una planta parásita del roble, suele identificarse con la misteriosa **rama de oro** de Sir James Frazer, que se creía ardía con un sobrenatural resplandor dorado. Puesto que el muérdago es, en realidad, una planta de hoja perenne, sin indicio alguno de tinte dorado, esta identificación ha dado lugar a la especulación acerca de una variedad de muérdago desconocida, posiblemente psicodélica, apreciada por los antiguos en función de la experiencia visionaria que aportaba.

En efecto, los propios druidas antiguos eran ampliamente conocidos como videntes y profetas, en comunión con los dioses. Se creía asimismo que difundían una teoría de la **reencarnación**, pero esto podría basarse en una interpretación errónea de su verdadera doctrina. Esta insistía en la inmortalidad del alma, que, después de la muerte, viajaba a un mundo sobrenatural, en que accedía a un cuerpo nuevo y volvía a vivir de una forma muy semejante a como lo había hecho en la Tierra. La doctrina era novedosa en el mundo clásico, que evocaba la noción pitagórica de la transmigración de las almas para explicarla. De hecho, a través de un examen más minucioso, presenta una mayor similitud con las creencias del **chamanismo**, lo cual refuerza aún más la posibilidad de que en las ceremonias druidas, se empleara alguna modalidad de drogas alteradoras de la mente.

Drusos. Pueblo religioso del 1er Rayo y de síntesis en el cual se unen el Islam, Cristianismo y Judaísmo. Religión de unidad y pureza.

E

Edad de Oro. Edad en cuyo amanecer nos encontramos. Conocida en sánscrito como Satya Yuga, tiene una duración de 1,728,000 años, pero que esta vez será permanente. El Maestro **Saint Germain** es el Rey para los primeros 2,000 años de esta Edad.

Edades. Conocidas en sánscrito como YUGAS. Son las divisiones de un período de manifestación o Kalpa. Existen cuatro Edades de duración y de características diferentes.

KRITA O SATYA YUGA 1,728,000 años	EDAD DE ORO O DEL YO SOY
TRETA YUGA 1,296,000 años	EDAD DE PLATA
DWAPARA YUGA 864,000 años	EDAD DE BRONCE
KALI YUGA 436,000 años	EDAD DE HIERRO O NEGRA

Edén. El Jardín del Edén es la conciencia espiritual, pero ya muy alta, donde y cuando el individuo manifiesta automáticamente en su vida. Es el estado de dicha de todo metafísico adelantado.

Elementales. Entidades de los cuatro elementos y éstos son:

- Gnomos de la Tierra
- Silfos del Aire
- Ondinas del Agua
- Salamandras del Fuego

El Morya, Maestro. Jefe del Concilio de Darjeeling. Oriundo del planeta Mercurio. Futuro Manú. Anterior Director del 1er Rayo. Director de los gobiernos del mundo. Tiene su retiro en Darjeeling, su Llave Tonal es *Pompa y Circunstancia* de Eldgar. En vidas pasadas fue el **Rey Arturo**, **Akbar**, el famoso compositor irlandés Sir Thomas Moore.

Al describir, desde su estado ascendido, la victoria final de su ascensión y su trabajo con la humanidad, en el dictado del 16 de abril de 1976, el maestro dijo: A través de innumerables encarnaciones y servicios prestados a la jerarquía, aprendiendo los caminos del mundo y los caminos del cosmos, llegué al lugar donde podía seguir el rayo de mi propia Presencia Divina de vuelta al corazón del Flameante. Así, a la conclusión del siglo pasado, seguí aquel rayo hacia el núcleo de fuego blanco y no volví más con el amanecer de la luz matinal a la Mater, sino que acepté el ritual de la ascensión con un propósito: servir a la voluntad de **Dios** con mayor capacidad que cuando estaba encarnado. El Morya ascendió hacia 1898, después de haber trabajado con el Maestro K.H. en la fundación de la Sociedad Teosófica. Hoy, el Maestro Ascendido El Morya desempeña el cargo de **Chohán** (Señor) del Primer rayo de la Voluntad de Dios. Representa los atributos divinos de valor, certeza, poder, probidad, confianza en sí mismo, formalidad, fe e iniciativa. Estas son las cualidades del principio paterno: el hombre de estado, el ejecutivo, el gobernante. Debido a que ha personificado hábilmente estas virtudes esenciales, a lo largo de muchas encarnaciones, El Morya ha llevado la corona de autoridad, gobernando muchos reinos sabiamente y bien. Su gobierno no ha sido dictatorial, ni ha exigido que sus súbditos se sometan a su voluntad humana. Más bien, su interpretación de gobierno es "Dios-sobre-los-hombres"* y su concepto del verdadero hombre de estado es árbitro de Dios**. Inspira obediencia iluminada a la sagrada voluntad de dios.

El Morya es el jerarca del Templo de la Buena Voluntad en el plano etéreo, sobre la ciudad de Dar-jeeling, India, en las faldas del Himalaya. Este retiro es una mandala y un campo de fuerza, que utilizan las jerarquías solares para liberar más y más energía cósmica al planeta.

Eloha Elohae. Nombre aproximado del Logos Cósmico, al cual pertenece el gran Sol Espiritual Central Alfa y Omega, junto con otros 6 Soles Espirituales Centrales.

Elohines. Quiere decir Señor o Dios. Son los constructores de nuestro sistema. Ellos junto con sus respectivos complementos se llaman:

1. Hércules y Amazonas
2. Casiopea y Minerva
3. Orión y Angélica

* Government: God-over-men

** God's overmen

4. Claridad y Astrea
5. Vista y Cristal
6. Tranquilidad y Pacífica
7. Arturo y Diana

Energías Disponibles Para Construir Un Nuevo Orden Mundial. Las Fuerzas de la Restauración están especialmente activas en el momento del Festival de Pascua. Estas fuerzas emanan de la mente de **Dios**; se encuentran conectadas con el principio de la inteligencia en la naturaleza divina, estimulando el intelecto humano.

Las Fuerzas de la Iluminación están activas en el momento del Festival Wesak. Estas fuerzas emanan del corazón de Dios; se relacionan con la comprensión divina y pueden alcanzar y fortalecer a aquellos que aman y sirven a sus semejantes.

Las Fuerzas de la Reconstrucción están activas en el momento del Festival de Buena Voluntad, que es el Festival del Cristo y la Humanidad. Están relacionadas con el aspecto voluntad de la divinidad y son principalmente efectivas en relación con las naciones.

El nuevo mundo al cual contribuyen las Fuerzas de la Restauración, Iluminación y Reconstrucción, expresará la luz, el amor y el conocimiento de Dios en un crescendo de revelación produciendo siete grandes resultados:

1. A los discípulos del mundo y a los iniciados que viven entre los hombres les será dado el poder para que puedan dirigir eficiente y sabiamente el proceso de reconstrucción.
2. La voluntad de amar estimulará a los hombres de buena voluntad en todas partes, sobrepo-

niéndose gradualmente al odio. La urgencia interna que impele a los hombres a vivir juntos y cooperativamente ya existe y está siendo estimulada.

3. La voluntad para la acción llevará a la gente inteligente de todo el mundo a iniciar las actividades que serán la base de un mundo nuevo, mejor y más feliz.
4. La voluntad de cooperar crecerá constantemente. Los hombres desearán y demandarán rectas relaciones humanas como un modo normal de vida.
5. La voluntad de conocer y pensar correcta y creativamente será una característica resaltante de las masas.
   El conocimiento es el primer paso hacia la sabiduría.
6. La voluntad de perseverar será una característica humana, una sublimación del instinto básico de autoconservación. Esto conducirá a una creencia permanente en los ideales presentados por la Jerarquía y a la demostración de la inmortalidad.
7. La voluntad de organizar promoverá un proceso de construcción que será llevado a cabo bajo la inspiración directa de la Jerarquía. El medio será la potencia de la voluntad al bien del nuevo grupo de servidores del mundo y la sensible buena voluntad de la humanidad..

Energía y Vibración. No existe en el universo un ser sin vibración e irradiación, resultantes de causas concientes o inconcientes. Toda la energía en el universo está constantemente emitiendo radiación y la cualidad de esa radiación, realmente representa todo el problema de la redención humana, en cuanto al servicio que los Maestros Ascendidos prestan al hombre. El grado de evolución de cada individuo, determina la intensidad y el largo de los rayos de radiación que salen de él. Mientras más alto se eleve en la escalera espiritual, mayor será el área que cubran las ondas de energía que de él salen. La responsabilidad por el conocimiento y el desarrollo espiritual, es mucho mayor que lo que comprende el estudiante, quien ansía conocimientos, poder y el uso completo del **Fuego Sagrado**, porque conlleva la obligación de controlar y derramar, por medio de la radiación de su Ser, sólo esas cualidades que enriquecerán al universo, por medio del mayor alcance de su aura aumentada.

Si el hombre pudiera aún sólo parcialmente comprender las Leyes que gobiernan la Energía y la Vibración, ya estaría avanzando en el camino de la maestría propia. Como parte de su entrenamiento, llegará a la comprensión de que el poder de crear vibraciones no es sólo una responsabilidad, sino una oportunidad por la cual la maestría y la divinidad, pueden ser experimentadas a través del ego individualizado.

Enoch. Fue un descendiente de **Adán**; vivió trescientos años; era el padre de Matusalén, quien vivió novecientos años; pero Enoch no murió; ascendió tal como lo hizo el **Maestro Jesús**. Eso es una prueba de un gran adelanto y de iluminación. Enoch fue, pues, el Primer Maestro de nuestra civilización y un hombre sumamente notable y grande en un mundo como aquél, en el cual no había comunicaciones de ninguna clase. La enseñanza de ese hombre se esparció por todo el mundo de entonces, y en cada país lo llamaban según el idioma que se hablaba. En Egipto, Thot, el dios Thot; algunos lo llamaban el Escriba de los dioses; y en Grecia lo llamaban Hermes, Hermes Trimegisto, Tres Veces Grande; en Egipto a Thot lo llamaban Dos Veces Grande y en Fenicia lo llamaban Cadmus, es decir, Cinco Veces Grande; cada país se lo quería apropiar, lo quería para sí porque aquél era un hombre tan grande que sabía de todo y dejó enseñanza sobre todo; escribió en aquella época, cuarenta y dos libros; pero, además, fue el autor de cuantos tratados se pueda imaginar: Cosmogonía, Cosmografía, Geometría -así llamaban entonces a la matemática-, Geografía Celeste, la Kábala y el Tarot. Todo eso lo escribió Enoch; pero él era judío y allí empezó la lucha contra los judíos.

Era de Acuario. Era actual, bajo cuya influencia entró nuestro Logos Solar en el año de 1954, bajo la radiación del Rey de la Edad de Oro, el Maestro **Saint Germain.**

Eras Zodiacales. Los dos equinoccios corresponden a las fechas del año en que el día y la noche tienen la misma duración. Además, marcan el paso del Sol del hemisferio norte al hemisferio sur, y viceversa. Como se sabe desde el siglo II a.C., la posición del Sol en relación con las constelaciones es retrógrada, es decir, que se mueve a través de las constelaciones en sentido contrario al de los planetas: es el fenómeno llamado precesión de los equinoccios.

Dicha precesión justifica el concepto de las **Eras zodiacales**, cada una de las cuales dura aproximadamente 2,100 años. Alrededor del 4000 a.C., por ejemplo, el Sol se hallaba en la constelación de Tauro, cuando se cumplía la fecha del equinoccio de primavera; a ésta le siguió la era de Aries (aproximadamente desde el 2000 a.C. hasta el inicio de la era cristiana). Ahora estamos en la era de Piscis, pero es inminente el paso a la de **Acuario**.

Escalera de Jacob, La. Representa las realizaciones paso a paso de la Verdad de Dios, la Verdad Espiritual. **Jehovah** o el **YO SOY** ocupa el primer escalón de arriba. Último en nuestro sendero de aprendizaje.

Escarabajo. Coleóptero sagrado, consagrado al Dios **Ptah**, creador cósmico. Es símbolo del Logos Solar y del **Cristo Interno**.

Esotérico. Aquello que es oculto, secreto, de acepción muy elevada, es lo nouménico. Se opone a lo exotérico que es lo revelado, de dominio público y de fácil acceso. El conocimiento esotérico de eras pasadas está pasando a ser exotérico en esta Era.

Esotérico y Exotérico. La palabra esotérico en la frase conocimiento esotérico o enseñanzas esotéricas suele emplearse para significar un cuerpo de información en poder de algún grupo selecto de estudiantes que conocen dichas enseñanzas y por una u otra razón, son secretas porque sólo unos cuantos las conocen; pero no son esotéricas en la recta acepción de la palabra. El verdadero conocimiento esotérico no es un conocimiento que por alguna razón no queremos publicar, sino un conocimiento que nadie puede publicar porque no es posible expresarlo ni hay lenguaje que lo exprese.

Así el conocimiento exotérico es el que puede comunicarse aunque creamos que no conviene su publicación. En este último caso nuestro conocimiento exotérico es al propio tiempo secreto y oculto, pero con el tiempo puede llegar a ser público y al alcance de todo el mundo. En cambio, el conocimiento esotérico nunca podrá ser exotérico, puesto que es esotérico por su propia naturaleza y no es susceptible de ser expresado.

Espíritu. Es el primer aspecto de la **Trinidad** en el hombre, **El Yo Soy**, La **Mónada**, El Padre.

Espíritu Santo. Tercer Aspecto de la **Trinidad**. Está representado cósmicamente por **AEOLUS** y para la Tierra por el Maha Chohan que actualmente es Pablo El Veneciano. Es el 3er Rayo de Actividad de la Divinidad.

Espíritus Guardianes. Cuando el trabajo de la Creación fue terminado y los Elohim reportaron a **Helios y Vesta** que el planeta Tierra estaba listo para ser habitado, el **Arcángel Miguel** vino a la Tierra, con los siete tipos distintos de inteligencias que iban a poblarlo. Junto con ellos vinieron los espíritus guardianes que ofrecieron sus servicios a los padrinos de la raza humana, con la misión de recordar a los espíritus encarnados, la Llama Inmortal que cada uno llevaba en su corazón; así como la razón por haber encarnado. Estos espíritus guardianes eran aquellos de otras estrellas y planetas que sólo buscaban ayudar en el cumplimiento del Plan Divino, para el planeta recién creado; pero lamentablemente aún estas almas altamente evolucionadas, se han desviado, siendo alcanzadas por las tramas de imperfección, creadas sobre la Tierra desde la caída del hombre.

Estrellas. Pensamientos psíquicos. No son espirituales, son de los planos astrales. La vibración de los pensamientos astrales o psíquicos, es muy inferior al pensamiento espiritual puro.

Estrella Astrea. Algunos tienen una confusión que denominan *"La Estrella Astral"*, pero es un error. Se llama en realidad *"La Estrella Astrea"*. Este es un Ser Cósmico de la Cuarta Esfera, cuyo trabajo es el de consumir todo lo más posible de lo que pertenezca al **Reino Astral**; como también el de llamar la atención de individuos atraídos al **Plano Astral**. Este gran Ser, al fin y al cabo, aclara la comprensión de estos individuos y disuelve sus deseos de mantener algún contacto con ese reino infeliz. No hay niños en el Plano Astral. El hogar de los niños que dejan la tierra es el Plano Etérico. La gente encarnada, cuando está dormida, se encuentra en la misma esfera que los desencarnados.

Eva. Es el aspecto femenino del hombre genérico. Mujer y hombre los creó. Eva es representativa del amor en el nivel superior de interpretación. Se necesita la unión de la inteligencia y el amor para generar la sabiduría.

F

Fe-Esperanza-Caridad. La FE es como el Poder Emanador Conquistador; la ESPERANZA, es la puerta abierta a través del velo, actuando en la Presencia Pura; la CARIDAD como la determinación de no pensar lo malo, no hablar lo malo, no ver lo malo, no oír lo malo, no sentir lo malo.

El Ser Majestuoso CARIDAD tiene una fuerza natural consumidora para disolver y aniquilar el odio, la crítica y la condenación y usa los Rayos Cósmicos, como la fuerza balanceadora en los éteres de donde los seres humanos sacan su aliento y sustento. Así que a pesar de ellos mismos, están absorbiendo el Fuego de estos Rayos.

Filosofía. Es el amor a la Sabiduría, hecho mediante el cual se erradica la ignorancia. Fue iniciada para el Occidente por el Señor **Koot Hoomi**, cuando vivió en Grecia como Pitágoras. Está custodiada por la Amada Señora Sophia, complemento del Señor **Krishna** y Diosa Sol del Universo de Alfa y Omega. Tiene su retiro etérico sobre la ciudad de Estambul.

Filosofía Perenne. La idea de la verdad esencial única, que subyace en todas las creencias religiosas: la de que sólo existe una entidad divina que no puede ser aprehendida de manera directa e inmediata, sino mediante la práctica del amor, es decir, en un estado mental de ecuanimidad, caridad y humildad. La obra clásica de Aldous **Huxley**, *La filosofía perenne*, fue publicada originariamente en 1946.

Fillmore, Charles. Junto con su esposa MIRTLE FILLMORE, fue el fundador de la importante escuela de Metafísica Cristiana llamada UNITY. Una de las fuentes de las que se alimenta la **Metafísica** de **Conny Méndez**.

Fohat.

- Potencia masculina
- Electricidad Cósmica
- Universal Fuerza Vital
- Luz Primordial

Fraternidad Universal. Objetivo primordial de todo estudiante espiritual de toda Iglesia, Escuela, Hermandad y Grupo Espiritual. Hecho que se cristalizará en esta nueva Edad Dorada.

Fruto del Árbol de La Ciencia del Bien y del Mal, El. Representa el sistema nervioso simpático, cuyo fruto es la sensación; toda sensación, sea emoción, sentimiento, satisfacción del apetito, de la bebida. Cuando el hombre llega a controlar éstas, por medio de la afirmación y la realización, sus sensaciones le son armonizadas y todas sus funciones son llenadas con energía nerviosa. Cuando el hombre abusa de la sensación de placer, bien sea sexual, o de sentimientos, emociones, se está robando energía, ese alimento nervioso esencial.

Ese excesivo placer, con el dolor que acarrea, es lo que se llama Bien y Mal.

Fuego. Elemento representante de la Naturaleza del **Absoluto**. Regirá el Sacerdocio de la Nueva Era. Existen tres Fuegos:

1. Electrónico
2. Solar
3. Friccional

Fuego Eléctrico 1. Es conocido como **FOHAT**. Es el Fuego de la Divina **Presencia Yo Soy** o **Mónada**, **Atma** y Buddhi. Rige la Ley Cósmica de Síntesis, el Tercer Universo (futuro) y al Dios Shiva.

Fuego Por Fricción. Conocido como **Kundalini.** Es el Fuego de la Personalidad. Rige la Ley Cósmica de Economía, el Primer Universo (pasado) y al Dios **Brahma.**

Fuego Sagrado. El Fuego Sagrado es la **Vida** o Energía Divina, atraída y cargada con una cualidad divina en especial y Grandes Seres; de este modo han creado enormes depósitos de esta energía vital dedicada, de los cuales el hombre puede atraer y cargar su propio ser y mundo, para beneficio de la raza. La energía divina que pasa a través del **Cordón de Plata** y penetra dentro del corazón individual, es parte de la actividad del Fuego Sagrado, y el hombre es responsable de esta energía, por el uso que le dé, ante la Gran Omnipresencia Universal. Cuando se califica de modo constructivo, regresa al depósito de Energía (el cuerpo causal) para uso futuro según se requiera. Cuando ha sido calificada de modo discordante, se convierte en parte de la creación humana o estrato psíquico, que eventualmente deberá ser transmutado en el Fuego Sagrado. Además de ser un agente calificador de esta substancia pura, el hombre también puede invocar de los Seres Divinos cualquier cualidad divina, de estas fuentes ya establecidas, de energía constructiva. Hay muchas Llamas y Rayos que son parte integral del Fuego Sagrado, pero por ahora no se puede hablar de todos.

Fuego Solar 2. Es el Fuego del **Cristo Interno**. Vitaliza a **Prana.** Rige la Ley Cósmica de Atracción, el Segundo Universo (presente) y al Dios Vishnú.

G

Gabriel. Arcángel del 4to Rayo Blanco, complemento Espiritual de la Señora Esperanza. Tiene su Retiro Etérico sobre Los Angeles, California. Su Llave Tonal se encuentra en el Preludio de la ópera *Parsifal* de **Wagner**.

Es conocido como el mensajero divino, es aquel que trae las grandes nuevas. Fue él quien anunció a Zacarías, esposo de Isabel, prima hermana de la amada María, el nacimiento del hijo de ambos, Juan el Bautista. Asimismo, fue Gabriel quien anunció a María la Encarnación del Verbo Divino, en sus purísimas entrañas.

Gautama. Anterior Buda de la Tierra y actual Logos Planetario o Señor del Mundo desde 1955, cuando **Sanat Kumara** decidió regresar a Venus. Discípulo del Buda DIPANKARA. Encarnó como el Príncipe SIDDHARTTA, hijo del Rey Suddhodana del reino de Kapilavastú en la India.

Ganesha. Dios de la Sabiduría, Hijo de Shiva y Parvati. Es el eliminador de obstáculos y el auxiliador de toda empresa que comienza.

Ganges. Río Sagrado de la India surgido de la cabeza del Señor Shiva. Es una Madre Divina que recibe el nombre de GANGA. Baña las orillas de **Benares,** la ciudad más sagrada del planeta. Es portador de los dones transmutadores de la **Llama Violeta**. Su Llave Tonal es el sonido OM.

Gematría. Rama de la cultura cabalística que deduce significados secretos de palabras o frases mediante la traducción de sus equivalencias numéricas y el análisis del resultado obtenido. En diversas lenguas antiguas, cada una de las letras del alfabeto tiene asignado un número, de modo que para hallar la cifra que corresponde a una palabra apenas se requiere efectuar una suma. Cuando dos o más palabras arrojaban el mismo número, los cabalistas antiguos sostenían la existencia de una relación secreta entre ellas.

El ejemplo histórico más célebre de gematría no es, curiosamente, judío ni hebreo, sino que deriva del Nuevo Testamento de la revelación, escrito en griego. La revelación 13:18 reza lo siguiente: .

En este caso se aconseja al lector que posea "conocimiento" "que cuente el número" de la Gran Bestia, lo que constituye una clara referencia a la gematría y un indicio de que el autor del libro, San Juan, pudo haber sido un cabalista. Este número, el 666, corresponde, según los especialistas, al emperador romano Nerón, feroz enemigo del cristianismo, por cuanto la versión griega de su nombre y título, "Nerón César" , equivale al número 666.

Génesis. Del griego: fuente, origen, linaje. El primer libro de la **Biblia**. Es el recuento de primeras causas. Principios elementales. Libro de las emanaciones. En hebreo: *Sepher Berashith.* Génesis también señala el nuevo nacimiento, o sea el perfeccionamiento del ser en la regeneración.

Godfree. Discípulo del Maestro **Saint Germain.** Sostiene su retiro etérico sobre los Montes Cárpatos en Hungría. Fue conocido como GUY BALLARD. Fundó la actividad **Yo Soy**. Fue en vidas anteriores George Washington. Como Ballard, nació en Kansas en 1878 y ascendió en 1939. Es conocido en los planos internos como el Señor de la Obediencia.

Gunas. Cualidades o estados de la materia de los 7 planos.

SATTVA - Equilibrio, Armonía, Pureza
RAJAS- - Actividad, Inquietud, Afán
TAMAS - Inercia, Apatía, Error

Gran Hermandad Blanca. Es la asociación mundial de Seres Ascendidos de todos los países y religiones que trabajan por la Ascensión de todo el género humano y el planeta Tierra.

Cuando el individuo en su estudio de las Leyes Superiores encuentra que ha llegado a cierto punto en el Sendero de la Evolución, sorprendentemente, la Deidad deja de ser un Principio Abstracto como lo enseñan algunos metafísicos. En cambio, entra en contacto directo con ciertos Seres Cósmicos quienes por mérito individual, les ha sido dada la responsabilidad de ayudar a la evolución del Universo. Estos Seres, son los Ascendidos Maestros de Amor y Sabiduría, quienes forman la Orden conocida como la Gran Hermandad Blanca.

Sólo por la dedicación voluntaria de vida calificada, lo hacen a uno miembro honorario de esta gran Orden, cuyo propósito y servicio en el esquema de la evolución, es enseñar al hombre cómo crear y sostener la perfección. Cuando una Inteligencia ofrece voluntariamente aportar su don diario de vida para ayudar en la evolución de todo el Plan, tal ser, es aceptado por la Hermandad y se convierte en parte de ella.

Gran Silencio. Describir el Corazón de esa Gran Omnipresencia Universal, es una empresa que no puede fielmente ser expresada en palabras, pero dentro de ese gran Corazón Cósmico, existe un Lugar que ha sido llamado por muchos nombres. En años recientes, ha llegado a conocerse como el gran, **gran silencio,** pero no importa el nombre que se le dé, es un lugar de quietud, de donde ha surgido este Universo y cada ser, grande o pequeño por igual. Es el *hogar*, en su sentido más cierto y profundo. Es la serenidad, la seguridad y la comprensión. Es el Amor sin censura y, la Paz que no tiene precio. Es luz como el sol más exquisito que pueda concebirse y no obstante es sereno como el atardecer. Es silencioso como el Sol en el cielo, y sin embargo está lleno de sonidos en perfecta armonía. En el corazón de esta exquisita quietud, se encuentran todos los Seres que han dominado al ser exterior; y también se ve el Plan Divino para cada criatura.

Para que un individuo entre en ese lugar del silencio con el deseo de ser un mentor silencioso de su propio mundo, debe pensar que este Gran Silencio es el Reino de los Cielos, la más elevada expresión de la belleza, la cultura, el amor y la luz que la mente y corazón sean capaces de concebir. Ahora, cada pensamiento, cada sentimiento y cada acción suya se sumará a la belleza de ese reino o destruirá su armonía, y sus palabras deben ser escogidas cuidadosamente para que merezca entrar en él.

Grandes Leyes Mentales, Las.

La Ley de la Sustitución.

Hay unas cuantas leyes que gobiernan el pensamiento, tal como hay algunas leyes fundamentales que rigen en la química, física y mecánica, por ejemplo.

Sabemos que el control del pensamiento es la llave del destino y para poder aprender ese control tenemos que conocer las leyes que lo gobiernan, así como el químico y el electricista tienen que conocer las leyes que rigen sus respectivos oficios.

Una de las grandes leyes mentales es la Ley de Sustitución. Esta sencillamente consiste en que para borrar un pensamiento hay que sustituirlo por otro. No se puede rechazar un pensamiento enteramente. Hay que poner otro en su lugar. En el plano físico, basta con abrir la mano para soltar un libro o una piedra; pero no es así en el plano mental: si se quiere uno deshacer de una idea negativa, la única forma de lograrlo es pensando en algo positivo o constructivo. Es como si dijéramos que para soltar un lápiz que tuviéramos en la mano tendríamos que colocar en ella una pluma, un libro o una piedra, y el lápiz entonces se caería.

La Ley de Relajación

Esta es otra de las grandes leyes. En todo trabajo mental el esfuerzo se derrota a sí mismo. Tanto más esfuerzo se hace, tanto menos resultados se obtienen. Esto es totalmente opuesto a lo que ocurre en el plano físico, pero no debe sorprendernos porque sabemos que en muchos casos las leyes mentales son el reverso de las leyes físicas.

En el plano físico mientras mayor sea el esfuerzo, mayores son los resultados. Mientras más se apoya sobre un taladro más rápido penetra la madera. Tanto más fuerte sea el martillazo, más fácil entra el clavo en la pared.

Cualquier intento de ejercer presión mental está destinado al fracaso porque en el mismo momento en que comienza la tensión cesa la labor creadora de la mente y ella continuará trabajando de acuerdo con el hábito antiguo ya establecido, cualquiera que sea éste. Cuando se tratan de forzar las cosas mentalmente; cuando se trata de apurar mentalmente, el poder creador desiste. Para que la mente comience a crear de nuevo hay que relajar conscientemente.

Que toda tu labor mental sea relajada, suave, sin prisa, porque el esfuerzo se anula a sí mismo.

"En quietud y en confianza será nuestra fortaleza". (Isaías 30-15.)

La Ley de la Actividad Subconciente.

Al no aceptar más una idea, el subconciente comienza a tratar de ponerla en efecto. Usa todos sus recursos y éstos son mucho mayores de lo que comúnmente se supone para lograrlo. Aprovecha hasta el más mínimo conocimiento que la persona haya adquirido, para llevar a cabo el propósito y gran parte de esos conocimientos han caído en el olvido total. Moviliza los muchos poderes mentales que uno posee y que no utiliza. Se surte de la energía ilimitada de la mente racial, y llama a colación todas las leyes de la naturaleza a medida que ellas operan interior y exteriormente del ser, con el único fin de cumplir el objetivo.

A veces obtiene resultados inmediatos. A veces toma algún tiempo; otras se tarda mucho tiempo, dependiendo de las dificultades que haya que vencer; pero si la cosa no es totalmente imposible, el subconsciente lo logrará, una vez que acepte la idea.

Esta ley funciona igualmente en las ideas malas como en las buenas. Cuando es usada negativamente trae las enfermedades, las calamidades y el fracaso; y cuando se usa positivamente trae salud, libertad y éxito. La **Biblia** no dice que la armonía sea inevitable, no importa lo que hagamos. Lo que enseña es que la armonía es inevitable cuando nuestros pensamientos son positivos, constructivos y bondadosos.

De esto se desprende que lo único que se tiene que hacer es lograr que el subconsciente acepte la idea que se quiere reproducir, y las leyes de la naturaleza harán el resto, produciendo el cuerpo sano, las circunstancias armoniosas y el camino triunfal.

La Ley de la Práctica.

Este proverbio familiar encierra una de las grandes leyes de la naturaleza humana y siendo una ley, no falla jamás.

Para llegar a ser experto en algún oficio hay que practicar. No hay hazaña sin práctica y cuanto más se practica, siempre que ésta sea hecha con inteligencia, mayor **será la** pericia y más pronto se logrará. Esta es la verdad en el estudio de la música o de las lenguas; en la natación o el patinaje. Es la condición requerida por todo tipo de logro humano. La práctica es el precio de la proficiencia.

En el ramo de los negocios y en cualquier labor de dirección o administración, se le llama "experiencia", que no es sino la práctica o el ejercicio que hace perfecto. Por eso es que, generalmente se le da la preferencia a una persona madura cuando hay que escoger a alguien para llenar una posición de responsabilidad.

En **metafísica** los efectos de esta ley son especialmente notables.

El control del pensamiento es algo que depende totalmente del ejercicio aplicado inteligentemente. La religión verdadera puede ser definida con el nombre de "La Práctica de la Presencia de Dios". Nótese que se dijo más arriba "ejercicio aplicado inteligentemente". El forcejeo violento no es una práctica inteligente, como tampoco lo es la repetición monótona.

La práctica es pues el secreto del logro. Podríamos parafrasear a Danton diciendo "¡práctica!, ¡y más práctica!, ¡y más práctica!".

"Más sed hacedores de la palabra, y no solamente oidores de ella". (Santiago 1-22.)

Grupos Espirituales en la Nueva Era. Los grupos espirituales, en el comienzo de esta Era de Acuario, están surgiendo por doquier. Motivados por el anhelo hacia lo superior, los seres humanos se reúnen para estudiar, meditar, servir. Esta experiencia grupal es el campo perfecto para el desarrollo de la CONCIENCIA GRUPAL, una forma superior de conciencia, que constituye el próximo paso evolutivo de la humanidad. Los Maestros y Guías de la Raza están sosteniendo este experimento debido a la importancia tan grande que tiene en los albores de esta nueva era.

Guardianes De La Llama. La Fraternidad de Guardianes de la Llama es una orden espiritual universal dedicada a la fe eterna, a la constancia inamovible, a la infinita armonía con el amor de **Dios** que es por siempre la radiante llama denominada **Vida**. Los Guardianes de la Llama viven para la llama de la Vida; y los Guardianes de la Llama son las piedras vivas del templo de nuestro Dios.

Los Guardianes de la Llama son responsables ante la junta espiritual de la fraternidad, encabezada por el **Maha Chohán**, el Guardián de la Llama, y el Caballero Comendador, **Saint Germain**. La junta de directores está compuesta por los Siete Chohanes, que dirigen los diversos aspectos del despliegue de la ley tanto a través de la instrucción impresa como a través del entrenamiento individual que se imparte a los Guardianes de la Llama en los retiros etéreos de la **Gran Hermandad Blanca.** Un comité para la Guía del Niño, formado especialmente para la preparación de los padres de almas que están por nacer, está encabezado por los Instructores del Mundo, **Jesús** y **Kuthumi,** junto con la Madre María. Todos los que sostienen el honor de los Guardianes de la Llama y viven de acuerdo con los principios y preceptos de la ley, reconocen una aceleración de la disciplina interior tanto como de la exterior, que les llega desde la fuente viva de la alegría y la gratitud, que los jerarcas tienen para con todos los que en la Tierra están dispuestos a prestar un apoyo, más allá de lo ordinario, a la causa que es suprema para la salvación (autoelevación)* de la humanidad.

* La palabra salvation, salvación, está formada por las palabras self y elevation, autoelevación.

Después de la fundación de la Fraternidad, la junta espiritual, con la asistencia de todo el Espíritu de la Gran Hermandad Blanca, estableció y dedicó las Lecciones de los Guardianes de la Llama, como canal oficial que sirviera para seguir ilustrando a la humanidad y para derrotar a la ignorancia con la luz y el poder de la llama de Dios.

Guru. Literalmente, aquel que disipa la oscuridad. El término procede del sánscrito *gú*, y *rú* . Un **guru** *es un maestro espiritual que ayuda al devoto, mediante el ejemplo, a alcanzar la iluminación.*

H

Hamsa. Estado de unión con la Divina Presencia **Yo Soy.** Liberación de la atadura de los 4 vehículos inferiores. Ave mística del "Yo Soy" que vive fuera del tiempo y del espacio. Su ala izquierda es la A, su ala derecha la U y la cola la M, formando así la palabra sagrada del "Yo Soy" AUM.

Harán. Fuerte, elevado, exaltado. Cada vez que uno cambia de casa, de ciudad o de país, significa que ha habido un cambio de conciencia a un plano más elevado. **Abraham** y su padre se cambiaron de Babilonia (confusión) a Harán, un plano elevado y de fuerza. Cuando la **Biblia** menciona el "padre" y la tierra de su nacimiento se refiere a un anterior estado de conciencia.

Helios y Vestas. Son el Logos Solar de nuestro sistema solar. El Padre y la Madre de nuestro sistema. El 4to Sol dentro del Gran Sol Central de Alfa y Omega. Dioses Directores del Elemento Fuego. Sostienen en su aura los siguientes planetas:

1. Mercurio
2. Acuaria
3. Urano
4. Tierra

5. Liberación
6. Atena
7. Pureza

Hércules. Reconocido Elohim del 1er Rayo Azul. Complemento de la Amada Santa Amazonas. Tiene su retiro en la región etérica del Lago Constanza en Suiza. Su Llave Tonal se encuentra en el 1er movimiento de la *5ta Sinfonía* de Beethoven. Junto con la Señora Amazonas es el 5to Sol del Universo de Alfa y Omega y sostiene los siguientes planetas:

1. Zeus
2. Thor
3. Vulcano
4. Marte
5. Libertad
6. Fraternidad
7. Igualdad

Hermandad De Saint Germain. El 15 de abril de 1970, **Conny Méndez**, reunida con el grupo de alumnas que venía preparando para que fueran Guías o Instructoras de las enseñanzas que ella trajo para el mundo de habla hispana, acordaron darle forma organizada a todo ese aparato que se había formando y lo registraron legalmente bajo el nombre de ASOCIACIÓN SAINT GERMAIN.

La mayoría de los asistentes se manifestó en favor del nombre HERMANDAD SAINT GERMAIN. Sin embargo, la propia Conny Méndez, pidió que para fines legales y con el propósito de que no se prestara a confusión con otras hermandades, pertenecientes a otras religiones, se conservara el nombre de ASOCIACIÓN SAINT GERMAIN.

Posteriormente, y para fines internos y de modo que "quedara registrado en el Plano Etérico", se comenzó a utilizar el nombre de HERMANDAD DE SAINT GERMAIN.

Hermética. Es toda la enseñanza espiritual, ya que Hermes fue el primero en dar la verdad al mundo.

Un cuerpo de doctrina mágica, originario principalmente de la antigua Grecia, que ha absorbido algunos elementos del **misticismo** cristiano y alusiones a las técnicas de curación vinculadas a ciertas deidades precristianas, como las egipcias Thoth e Isis. La piedra angular de la doctrina hermética es que " todo lo que está arriba, está también abajo ".

No todos los textos herméticos han llegado hasta nosotros, pero los que se conservan han sido reiteradamente traducidos a los idiomas europeos. C.G. **Jung** halló en los escritos herméticos muchas cosas de valor y las tuvo en cuenta en su obra.

Hermes Trimegistos. Nombre griego del dios Thoth egipcio, escriba de los dioses e inventor de la escritura y de todas las artes.

Hierofante. El que explica lo sagrado. Jefe de los Sacerdotes, Maestros e Iniciados. El Maestro **Saint Germain** es el Hierofante del Sagrado Fuego Violeta para la Tierra. El Señor **Koot Hoomi** es el Hierofante de todos los Sacerdotes de todas las religiones del planeta Tierra. El **Gautama** Buddha es el Hierofante de la **Jerarquía Espiritual.**

Higia-Ella Es La Salud. Tiene en sus manos el manto de poder de la curación. Complemento del Maestro **Asclepio**. Trabaja bajo la radiación del 5to Rayo

Verde. Su retiro etérico se encuentra sobre el Peloponeso en Grecia.

Hijos De Las Siete Esferas, Los. Durante el período de la creación de la Tierra los futuros habitantes del planeta residían en dichas Siete Esferas dentro del Sol. Eran apenas chispas espirituales o átomos permanentes de siete tipos diferentes. Unos pasaban más tiempo en una de las Esferas, clasificándose así como originarios del 1o., 2o., o 3er. rayo según el caso. Esto hace que cada individuo sea esencialmente de una Esfera o Rayo en especial, y que a través de su evolución, tiene que equilibrarse en todas las cualidades de los tres rayos; o sea, que todo ser humano tiene que manifestar el equilibrio perfecto del Poder, Sabiduría y el Amor, antes de lograr la ascención a los planos de luz. En otras palabras, el individuo debe emular las características de los Siete Rayos (los otros cuatro rayos son derivados de la Llama Triple) antes de ser relevado de la necesidad de nacer y renacer. Sus numerosas encarnaciones son para que él desarrolle las características necesarias para favorecer ese balance.

Hilarión. Chohán del 5to Rayo. En vidas pasadas fue Pablo de Tarso y el filósofo neoplatónico Jamblico. Encargado de la Ciencia. Fue el que reveló a través de Mabel Collins el libro *Luz en el Sendero* que resume los requisitos para adquirir la 3ra Iniciación Mayor. Su templo está sobre la isla de Creta en el Mar Mediterráneo.

Himalaya. (véase Dios Himalaya)

Hinduismo. Religión conocida como SANATANA DHARMA que quiere decir Religión Eterna. Es la religión que le es común a todas las religiones porque las contiene a todas.

Una de las religiones más grandes del mundo y en muchos sentidos una de las más sutiles, el hinduismo es producto de una antigua sabiduría que seguramente se remite a las experiencias místicas de sus fundadores, los semilegendarios Sabios de los **Vedas**.

Aunque degenera en su práctica cotidiana, lo mismo que casi todas las demás religiones, el sello del **misticismo** se advierte con claridad en los preceptos fundamentales del hinduismo. Enseña que la multiplicidad de las apariencias oculta la existencia de la Unidad fundamental, que se personifica en **Brahma,** deidad de la que nada podemos averiguar. Recomienda la práctica de **yoga**, es decir del conjunto de sistemas que han sido casi exclusivamente desarrollados por los hindúes, siendo el objetivo final y declarado la consecución de la trascendencia mística por parte del individuo.

Los añadidos que recubren este trasfondo místico no carecen de interés; pese a ser **Brahma**, en realidad, un dios único, a efectos prácticos el hinduismo ha desarrollado un numerosísimo panteón y ha poblado el universo con multitudes todavía más numerosas de espíritus y demonios.

De entre las diferentes divinidades y bajo la primacía de Brahma sobresalen **Vishnú** el conservador y Shiva el destructor, en su esencia abstracta, la trinidad Brahma- Vishnú- Shiva tiene mucho que ver con el concepto chino del *tao* que se manifiesta mediante las fuerzas complementarias del yin y el yang (*véase* **yin/yang**).

Dos creencias interrelacionadas son fundamentales en la práctica del hinduismo: **karma y reencarnación**. La creencia en esta última es tan absoluta, que se admite que incluso los dioses reencarnan; así por ejemplo, el gran héroe **Krishna** sería una encarnación de Vishnú.

Muchos conceptos del hinduismo son conocidos y admitidos por los adeptos del **budismo**, que mantiene con aquél una relación muy similar a la que existe entre el cristianismo y el judaísmo.

Hipnosis. Todavía es posible, pero muy difícil encontrar en las obras de referencia la alusión al siglo XVIII y a Franz Anton Mesmer como primer exponente del hipnotismo. En realidad no fue nada de eso; Mesmer, que creía estar sirviéndose de una fuerza misteriosa llamada por él, inducía en sus pacientes violentas convulsiones, muy distintas del estado de trance pasivo que hoy entendemos como hipnosis.

Pero si Mesmer nunca practicó la hipnosis, el fenómeno parece haber sido descubierto, o mejor, redescubierto por uno de sus seguidores, el marqués de Puységur. El marqués estaba tratando de "magnetizar" a uno de sus campesinos mediante las técnicas de Mesmer, cuando el hombre cayó en lo que parecía un profundo sueño; tal estado no se asemejaba a la conocida crisis del *mesmerismo*, pero Puységur no tardó en descubrir que tenía otras ventajas, en particular el hecho de que el paciente quedaba hipersensible a la sugestión.

Fue James Braid, un médico del siglo XIX que experimentaba con estas artes, quien acuñó el nombre de hipnotismo al notar la similitud del estado de trance con el sueño (*hypnos* en griego), nombre que ha quedado pese a haberse descubierto ulteriormente que el trance hipnótico no tiene nada que ver con el del sueño. Los sujetos suelen parecer conscientes, aunque se produzca a menudo la amnesia poshipnótica, que les induce a creer que han estado sin sentido.

Aunque la técnica de la hipnosis se conoce desde hace miles de años (pues al parecer se practicó en Egipto y Grecia durante la antigüedad, y en la India desde tiempos más remotos todavía), seguimos sin entender verdaderamente el fenómeno.

Existe para éste otro nombre más antiguo y más descriptivo, *mekhenesis*, que significa y apunta a una de las características más significativas del estado de trance. Cuando alguien se halla en estado de hipnosis, queda privado de la responsabilidad de sus actos y ésta se halla en manos del hipnotizador.

Es una situación inquietante que ha dado lugar a su propia mitología. A menudo se dice que un sujeto hipnotizado no hará nada que sea contrario a sus propias convicciones morales.

El profesor H.J. Eysenck observa en *Sense and Nonsense in Psychology* que " Se hallan muchas observaciones de este género en la bibliografía experimental, y puede afirmarse con un grado razonable de seguridad que, en muchos casos, la sugestión explícita de hacer algo inmoral o incorrecto no será obedecida por el sujeto".

Sin embargo, las investigaciones han demostrado que con un poco de imaginación, un sujeto en estado de hipnosis profunda hará todo lo que se le mande, con tal de que la sugestión no sea explícita. Mientras el sujeto permanezca en trance obedecerá todas las órdenes, siempre y cuando éstas se envuelvan en términos adecuados.

Esto se manifestó con claridad en un experimento realizado sobre un voluntario del ejército, de 20 años de edad y provisto de una excelente hoja de servicios. Se le hipnotizó en presencia de varios mandos; uno de ellos, que era teniente coronel, se colocó delante de él, a unos tres metros de distancia. Luego le sugirieron que cuando abriese los ojos vería a un " asqueroso soldado Nipón" armado con una bayoneta, y que él, el voluntario, tendría que "estrangularlo con sus propias manos"a falta de otra arma.

Al cabo de un momento, el soldado abrió los ojos y empezó a incorporarse poco a poco, para luego abalanzarse contra el teniente coronel; ambos cayeron al suelo. El voluntario agarró por el cuello al teniente coronel, lo levantó y se dispuso a estrangularlo contra una pared. Hicieron falta tres hombres para quitárselo de las manos.

Otro experimento aún más inquietante fue el realizado hacia los años cincuenta con unos sujetos que, después de presenciar una demostración de la capacidad destructora del ácido nítrico (disolviendo una moneda en un recipiente con dicho ácido), fueron hipnotizados y recibieron la sugestión de arrojar ácido a la cara de un ayudante.

Por razones obvias, el ácido fue reemplazado, después de distraer a los sujetos, por una mezcla de agua con azul de metileno y peróxido de bario, que daba la impresión de un líquido hirviente indistinguible del ácido verdadero.

Pero los experimentadores no tardaron en descubrir que era posible convencer a los sujetos para que arrojasen el ácido; a una mujer le dijeron durante el trance, por ejemplo, que el asistente era un asesino que venía decidido a matar a su hijo. Entonces ella no titubeó en arrojarle el falso ácido.

Las reacciones individuales ante la hipnosis varían en grado sumo. Para medir esas variaciones se ha ideado la llamada escala de Eysenck Furneaux, que se basa en la frecuencia con que una sugestión determinada es aceptada por un grupo numeroso de sujetos a hipnosis.

La escala va desde las sugerencias fundamentales más sencillas, como la de cerrar los ojos fatigados o relajarse por completo, y que son admitidas en un 76% de los casos, hasta la creación de ilusiones por sugerencia, como hacer creer que se ha encendido una bombilla; algo que sólo se consigue en un 12% de los casos.

Hipóstasis. Aquello que tiene la substancia o subsiste a través de algo. Ejemplo: La Presencia **Yo Soy** individual es hipóstasis de la Presencia Yo Soy Cósmica.

I

Ignorancia. Algo que se debe combatir. Es el único pecado existente en el mundo. Causa de todos los males y sufrimientos. "Conoce la Verdad y te hará libre".

Iluminación Espiritual. Es el conocimiento de la **verdad** y la liberación de la ignorancia. El ascendido **Maestro Jesús** dijo: "*Conoced la verdad y ella os hará libres*". Pero ¿cómo podemos saber la verdad? Hay que llegar a la comprensión de que no hay mejor Maestro que el **Ser Crístico**, y una vez que la mente está limpia de todos los "ismos" y de todas las teorías, entonces el ser Crístico Superior podrá manifestarse... Esto sólo puede hacerse por medio de la meditación en asuntos espirituales.

Imagen Mental. Es la idea que se hace de alguna persona, lugar, situación o cosa. Puede ser real o irreal. No se deben hacer imágenes destructivas ya que son nocivas para el desarrollo espiritual.

Inconsciente Colectivo. A partir de su experiencia de un sueño realista e impresionante sobre una casa vieja, el psicólogo C.G. Jung postuló la existencia de un nivel básico de la psique común a toda la humanidad. Este, como él lo llamó, era, según creía, un reflejo mental de la estructura física del cerebro.

De acuerdo con las teorías de Jung, el inconsciente colectivo es el domicilio subjetivo de muchos elementos míticos, incluidos los arquetipos.

Iniciación. Aunque privada frecuentemente de su sentido para convertirla en un mero espectáculo ceremonial, la iniciación es en esencia una transformación individual, que implica la transición de un plano de conciencia y desarrollo a otro.

Los ritos de iniciación orientados a estimular tales transformaciones son un rasgo de todas las culturas humanas desde los tiempos más remotos, desde la iniciación puberal de las sociedades primitivas hasta las complicadas ceremonias de iniciación de las distintas doctrinas.

Muchos creen, sin embargo, que las únicas iniciaciones realmente válidas son las interiores, expresadas a menudo en forma de experiencias místicas o visionarias que inducen cambios en el carácter, en las actitudes o en las facultades del individuo. Dentro de la **metafísica,** iniciar es comenzar el camino espiritual de **Ascensión** hacia la Divina **Presencia Yo Soy.** Existen las iniciaciones menores que pueden ser en número 7 y son administradas por iglesias, escuelas espirituales o de misterio. Las Iniciaciones Mayores son en número 10 para la Tierra y sólo pueden ser otorgadas por un Maestro de la **Jerarquía Espiritual** y el **Señor del Mundo.**

Iniciación I. Es el Nacimiento en Belén. El despertar del **Cristo Interno**. Se adquiere dominio del plano físico y se tiene conocimiento de su **mantram**. Se conoce la clave del sonido DO. Se concientiza el 3er aspecto o Rayo Rosa de Amor Inteligencia Activa. Los requisitos para adquirirla se encuentran en el libro **A los Pies del Maestro**.

Iniciación II. Es el Bautismo. Se adquiere dominio del plano astral y se tiene conocimiento de su **mantram.** Se conoce la clave del sonido RE. Se concientiza el 2do Aspecto de Amor Sabiduría. Los requisitos para adquirirla se encuentran en el libro *La Voz del Silencio*.

Iniciación III. Es la Transfiguración. Se adquiere dominio del plano mental inferior y se tiene conocimiento de su **mantram**. Se conoce la clave del sonido MI. Se concientiza el 1er Aspecto o Rayo Azul de Voluntad Divina. Los requisitos para adquirirla se encuentran en el libro *Luz en el Sendero*. La Personalidad es aniquilada por la Luz del **Yo Soy**. Se conoce el Rayo del **Cristo Interno.** La otorga el **Señor del Mundo**. Se tiene el secreto de **FOHAT**. Es la liberación de la **Personalidad.**

Iniciación IV. Es la Crucifixión. Se es un ARHAT o PARAMAHANSA. Se comparece ante la **Presencia Yo Soy.** Adquiere dominio del plano mental superior. Es la Gran Renuncia y crucifixión de la personalidad. Se dona el **Cuerpo Causal** a la humanidad.

Iniciación V. Es la **Ascensión**. Se sale de la rueda de reencarnaciones. Se adquiere dominio y se conoce el **mantram** del plano Buddhico. Se conoce el secreto del **fuego**. Se es un Maestro Ascendido. Es la 1ra Iniciación Cósmica. Es el nacimiento Cósmico.

Iniciación VI. Se es un Chohan. Se adquiere dominio del Plano Atmico y se conoce su **mantram.** Se pone en contacto con el Logos Solar **Helios Vestas** y se conoce su propósito. Es la 2da Iniciación Cósmica.

Iniciación VII. Se es un **MAHACHOHAN.** Se adquiere dominio en el plano del **Yo Soy** o Monádico con el conocimiento de su **mantram.** La visión cósmica va más allá del anillo no pase. Es la 3ra Iniciación Cósmica.

Iniciación VIII. Se es un **Buda.** Se tiene conciencia Infinita. Es la 4ta Iniciación Cósmica.

Iniciación IX. Se es un Logos Planetario y se adquiere la Ascensión Cósmica o la Quinta Iniciación Cósmica y la 1ra Para Cósmica.

Iniciación X. Se es un Dios.

Inmaculata. Observadora Silenciosa del planeta Tierra. Complemento Divino del Señor INMANUEL.

Inofensividad. Estado en el cual debe vivir todo estudiante de la **Verdad**, conocido como AHIMSA. No violencia. No agresividad. No reclamos. Vida de **amor**, dulzura y perdón.

Intuición. Es reconocer la **verdad** en el momento que se presenta. No se debe confundir con el impulso, que es de naturaleza astral. El tiempo ayuda a distinguir entre los dos, porque tiende a dispersar el impulso y a mantener la intuición.

Invocaciones, Decretos y Afirmaciones. La invocación audible o silenciosa es la forma poderosa de oración que pide al Padre-Madre Dios o cualquier Ser Divino, ayuda para uno mismo o para cualquier parte de la vida. Es una exigencia que se hace al Impulso Cósmico que ha sido edificado por Seres Divinos a través de eones de servicio. Esa potente frase de **Jesús**: Pide y recibirás expone la práctica de la invocación, porque si uno invoca a los Seres Divinos de un modo dinámico, los resultados serán también dinámicos. Si una petición no lleva la convicción o fe de que la oración será atendida, los resultados serán también negativos. El sentimiento que impulsa a la invocación es el factor determinante de la eficacia, de la Gracia que retorna. Esto también se aplica a los decretos, porque los decretos cuando se hacen en voz alta tienen mucha más potencia, ya que el uso constructivo del habla que emana del centro vocal en la garganta, por la cual pasa la luz del **Cordón de Plata** que se dirige al corazón, es una actividad tremenda para el bien en el aura inmediata del estudiante y del mundo en general. En su verdadero sentido, es la Vida Divina dirigida conscientemente hacia un propósito constructivo. Los decretos al igual que las invocaciones deben ser positivos para que se obtengan mejores resultados.

Cuando uno decreta, debe visualizar la imagen de lo que desea que se manifieste. Esta imagen, al recibir la energía del pensamiento concentrado y de los sentimientos materializará lo deseado. Las afirmaciones son la aceptación de los resultados de las invocaciones y de los decretos. Generalmente consisten en frases positivas al efecto de que la petición ya ha sido concedida y por consiguiente forman vasos de energía en los cuales nuevas manifestaciones pueden tener lugar.

Isaac. Significa risa, alegría, canto y saltos. Representa lo que se siente cuando se aceptan como reales las cosas espirituales. En **Metafísica** este sentir se llama El Nuevo Nacimiento, o sea la nueva vida en **Cristo**, pues el hombre se regocija grandemente cuando se percata de que está expresando y manifestando como el propio **Dios** Padre. Este Hombre Nuevo surge cuando la conciencia se vuelve espiritual, nace el **Verbo**, del Logos, o sea de la semilla divina que se ha sembrado por afirmaciones de la Verdad. Esta conciencia es la que menciona la **Biblia** cuando dice: Dejad que Cristo se forme en ti.

Isis. Madre Divina del Sol Sirio. Trabaja bajo la efusión del Rayo Azul Cósmico. Complemento del Dios **Osiris.** Fue para Egipto la representación de la Madre Divina Cósmica.

Islam. Es rendirse a la Voluntad de **Dios** sacrificando la voluntad del cuaternario inferior de la personalidad. Todo aquel que esté bajo la Voluntad de Dios. Uno de los aspectos de Dios que debe manifestarse en la Tierra. Con este nombre es conocida una de las grandes religiones mundiales. Fundada por Mahoma en La Mecca. Es monoteísta y adora a Dios en su forma más abstracta e imperceptible a los sentidos como El Absoluto y lo denomina Allah. El lema de su Fe o Shahada; No hay más Dios que Allah y Mahoma su Profeta. Su Libro Sagrado es el Corán que fue dictado a Mahoma por el **Arcángel Gabriel**. Sus templos reciben el nombre de

Mezquitas y tienen unas torres llamadas Minaretes donde se monta el Muesin para llamar a la oración o Salah cinco veces al día. Usan un rosario de 99 cuentas, número de los nombres de Allah para la oración. Oran inclinados en 7 diferentes asanas mirando hacia La Mecca que es Kiblah.

Ismael. Hijo de Agar y **Abraham**, representa el fruto de los pensamientos humanos manifestándose en la carne.

Iswara. Nombre que se le da al Logos Cósmico.

J

Jafet. Tercer hijo de **Noé**. Representa el intelecto o razón. El reino mental. El intelecto si se extiende sin limitaciones tendría que entrar en el reino espiritual. Pero es difícil para el intelectual entrar en el conocimiento espiritual por la misma razón de que posee muchos conocimientos y esto lo llena de orgullo. Sabido es que lo que "obstruye las puertas del **cielo**" es el orgullo intelectual. A esto se refirió el **Maestro Jesús** cuando dijo "es más fácil que un camello entre por el ojo de una aguja que un rico al cielo". Él se refería al "rico en conocimientos intelectuales". Todo intelectual siempre lucha, discute, se opone y ridiculiza a todo el que trate de iniciarlo en conocimiento espiritual.

Jainismo. Es la religión de la inofensividad o AHIMSA que es no hacerle daño a ninguna criatura.

Japa. Es la práctica de repetir varias veces una afirmación, decreto o **mantram,** acompañado del sentimiento correspondiente a lo repetido.

Jardín, El. Es el Reino de los Cielos que mencionaba el **Maestro Jesús** y que está dentro de ti, o sea, que tenemos la facultad de creárnoslo.

Jehová. Es el nombre de **Dios** que aparece en la **Biblia** y que en Hebreo se escribe **Iod-he-vau-he** que quiere decir "Yo Soy lo que Yo Soy", pero que ha sido sustituido por **Yaveh o Adonay**.

Jerarquía Espiritual. Es el Orden Divino Espiritual en que se encuentra y trabaja la **Gran Hermandad Blanca** y que tiene su residencia en **Shamballa**.

Jesús-Maestro. Actualmente el **Angel Micah** o Angel de la Unidad. Anteriormente fue Chohan del Sexto Rayo y **Avatar** de la pasada Era de Piscis. En esa encarnación nació en Belén y permitió que el Cristo **Maitreya** trabajara a través de él logrando manifestar visiblemente la poderosa actividad de un Cristo encarnado. Además de ejemplificar con su vida los patrones de las cinco primeras iniciaciones hasta la **Ascensión**.

Joaquín. Representa la conciencia espiritual recién formada y aún vacilante.

Jofiel. Arcángel del Segundo Rayo conocido como el Espíritu de la Iluminación. Complemento Divino de la Arcangelina Constanza.

Joya de Luz. La *"Joya de luz"* está aún en su trascendente estado de perfección. La Joya es una sustancia condensada, tal como el diamante, esmeralda o rubí, pero, naturalmente, tomará la condición del que la lleva. Si la frecuencia vibratoria de éste es baja, la joya o piedra perderá su brillo, mientras que si el pensamiento es trascendente, esta piedra se pondrá muy luminosa.*

---

* Toda joya representa una alta actividad de la Sustancia Divina. Cuando más intenso el fuego, mayor el Poder purificador. El oro no necesita de ningún otro elemento ni tampoco se adhiere a ninguno. Todos los metales y aleaciones se adhieren a él. Esto es porque el oro es un elemento puro.

En toda actividad en que actúe el fuego hay un momento en que la llama se pone dorada. Toda consumación de sustancia es, en cierto momento, de color rojo; porque el rojo es el color de la liberación de impurezas.

Cuando ya se es un estudiante sincero, que está alcanzando la Luz, tiene que calificar todo lo que hay en su ambiente con la calidad **de su Presencia YO SOY,** no importa qué apariencia tenga.

Juanistas. El cristianismo esotérico que Juan recibió y enseñó a sus propios discípulos, fue formando el grupo llamado JUANISTAS, que llegó a tomar un cuerpo tal que alarmó a la Iglesia de Pedro, el cual comenzó la lucha por declarar herético todo lo que viniera por auto-iluminación.

Los Juanistas tuvieron que emigrar y refugiarse en Europa, pasando por Grecia donde originó el título griego de *GNOSTIKOS,GNOSIS* significa CONOCIMIENTO ESOTERICO DE COSAS ESPIRITUALES. Llegaron a Transilvania donde a la postre se formó el Reino de Hungría, como defensa política.

Juda. Alabanza a **Jehová (Yo Soy).** La alabanza es la facultad espiritual que acumula y aumenta. La oración debe ser una acción de gracias jubilosa en lugar de una súplica. La alabanza aviva la mente y hace extraer magnéticamente el reino de las Causas aquello que cumple nuestros deseos.

Junta kármica. Son los Seres Divinos reguladores del **Karma** individual y colectivo de la humanidad. Todo ser al desencarnar es invitado a comparecer ante este tribunal para analizar el uso y calificación de la energía divina que se le dio a esa individualidad en su pasada encarnación. Está compuesta por:

- Palas Atenea
- Kwan Yin
- Vista
- Portia
- Diosa de la Libertad
- Señor Saithrú
- Nada
- Shri Magra
- La Madre María

La junta Kármica es un grupo de Seres Divinos cuyo servicio, siendo ecuánime y lleno de Misericordia y Compasión, es que se haga Justicia Divina en cada individuo que usa a la Tierra como Aula. Luego de pasar por la llamada Muerte, a estos individuos se les permite pasar seis meses de descanso, visitar a sus seres queridos y principalmente para librarse de las tensiones de la pasada vida. Luego son convocados por un Mensajero para presentarse ante la Junta Kármica, para rendir cuentas del uso dado a la **Vida** y Energía Divina durante su vida. La junta asigna entonces a cada individuo a una aula en particular, en planos inferiores, donde puedan aprender mejor el modo de superar los errores de su vida pasada y prepararse para una mayor perfección en su nueva vida. La Junta Kármica también determina quién va a encarnar en la Tierra cada año, ya sea por el bien de la raza, o para que el individuo haga restitución por errores pasados.

El servicio de estos Seres Divinos es siempre de **Amor Divino** y nunca, en ningún momento, es su intención castigar. Dos veces al año, en Junio y en Diciembre, la Junta se reúne en el Retiro de Tetón para oír las peticiones de la humanidad y siempre que sea posible, para obtener concesiones de energía divinamente calificada para ayudar en la evolución de la Tierra y de sus habitantes en los próximos seis meses. Los siguientes Seres, actualmente constituyen los Miembros de la Junta Kármica.

PORTIA: Diosa de la Justicia y de la Oportunidad.
KWAN YIN: Diosa de la Misericordia.
PALLAS ATENEA: Diosa de la Verdad.
LADY NADA: Diosa del Amor.
VISTA O CICLOPEA: El Ojo de Dios.
LORD SAINTHRU: Manú de la Séptima Raza.

K

Kailasa. Suprema Montaña Sagrada de la India donde reside el campo de fuerza del Dios Shiva para la Tierra.

Kali. La Madre Divina Cósmica en su aspecto de Fuego Consumidor, complemento divino del Dios Shiva.

Kali Yuga. Edad Obscura o de Hierro, que comenzó 3.102 años antes de **Cristo** después de la Ascensión del Dios Sol **Krishna**, pero que ha llegado a su fin en los presentes momentos cuando presenciamos el amanecer de la Edad Dorada.

En la mitología hindú y budista, es la Era de Oscuridad que marca la degeneración definitiva de la especie humana; hacia el final de Kali Yuga el fuego, la sequía y el hambre arrasarán la Tierra, la piedad habrá desaparecido e incluso los santos **brahmanes** descuidarán sus devociones.

Será la hora del desastre final. Un siglo de hecatombes preludiará la desaparición de toda vida, a lo que seguirá una conflagración que no sólo destruirá lo que haya quedado de la especie humana, sino todo el universo conocido.

Entonces, y siempre según la teoría oriental, sólo quedará Brahma, el trasfondo increado y no manifiesto del cual todo lo demás procede. Tras la destrucción del universo se reanudará el ciclo intemporal con el nacimiento de una nueva **Edad de Oro,** o Krita Yuga.

Kamakura. Conocido Jerarca Oriental del Fuego Violeta Transmutador. Su Complemento Divino es la Señora **Sengen Sama.** Tiene su foco en el reino sobre la montaña Fuji. Su Llave Tonal es *El Amanecer de Peer Gynt* de Grieg.

Kara. Observadora Silenciosa de Rusia.

Karma. Es **la Ley de Causa y Efecto**. Todo en el Universo manifiesto está sujeto a esta Ley. Todos los sucesos tienen una causa.

Voz sánscrita que significa acción o hecho. Karma es: 1) energía en acción; 2) la ley de causa, efecto y retribución. "Pues todo lo que el hombre siembre, eso también segará". Por lo tanto, la ley del karma decreta que el hombre, en cada una de sus encarnaciones va forjando su destino de acuerdo a sus acciones, e incluso mediante sus pensamientos, sentimientos, palabras y obras.

Karma Positivo. Lo bueno de la **vida** que ha sido originado por causas nobles.

Karma Negativo. Lo malo de la **vida** que ha sido originado por acciones malas.

El Maestro Tibetano revela seis karmas que determinan nuestras vidas:

1. Karma Mundial
2. Karma Racial
3. Karma Sub Racial
4. Karma Nacional

5. Karma Familiar
6. Karma Individual

Doctrina oriental relacionada con la de la **reencarnación**, y que enseña que en último término cada pensamiento y cada acto tienen efectos que luego serán sufridos o disfrutados por el individuo en cuestión.

En su forma plenamente desarrollada, la doctrina hace referencia a los, "Señores del Karma" entidades divinas que llevan el balance de la deuda cósmica. Pero las ideas occidentales sobre juicios en la otra vida realmente son bastante extrañas a los procesos mentales que han dado lugar a la teoría kármica.

En el plano personal, el individuo suele generar un «fardo» de karma (que puede ser bueno o malo), el cual transporta de una vida a la siguiente y se va saldando durante un período larguísimo hasta que -sobre todo según las doctrinas budistas- se produce la iluminación y la cancelación de la deuda kármica.

Karma y Reencarnación. Cuando el hombre observa con atención la naturaleza se da cuenta de que, en ella, la muerte es como una ilusión pasajera. Si bien es cierto que en invierno todo parece que muere, siempre es seguido por la primavera, donde todo renace nuevamente. Se oculta el sol y cae la noche para dar paso a un nuevo amanecer *siempre hay un mañana*. Pero el hombre piensa que para él sólo hay una oportunidad; ¡una sola vida!, y de ella depende el **cielo** o el infierno "eterno". ¡Absurda teoría de nosotros, los occidentales!

El hombre es capaz de utilizar su sentido común para resolver los problemas de la ciencia, de la sociedad, pero... cuando se trata de sí mismo, de lo que él es en verdad, el sentido común parece que se desvanece y acepta teorías que están reñidas con este don divino.

Debido a que nos hemos identificado tanto con el cuerpo físico y hemos vivido sólo para satisfacer sus necesidades y darle gusto, nos hemos creído que somos ese cuerpo, sin tener en cuenta que nosotros también sentimos y pensamos y ni los sentimientos ni los pensamientos pertenecen al plano físico. No se pueden ver, ni tocar, ni medir... ¿Con qué pensamos? ¿Con qué sentimos?

La Ciencia Iniciática nos enseña que existen **siete cuerpos en el hombre,** siete diferentes estados de conciencia. El **cuerpo físico** es sólo la mitad de uno de ellos, el más denso de todos, que en su manifestación más sutil se convierte en lo que se conoce como **cuerpo etérico** o vital, nuestro cuerpo de energía, molde del cuerpo físico. Luego tenemos el **cuerpo emocional,** con el que sentimos, y el **cuerpo mental** con el que pensamos. Y otros cuatro vehículos superiores que pertenecen a nuestra Naturaleza Superior, lo puramente divino del hombre.

Los tres cuerpos inferiores o más densos: el físico (con el etérico), el emocional o astral y el mental (la mente concreta y razonadora) es lo que llamamos la **personalidad** del hombre. Es lo más denso, lo "humano", lo que puede ser débil y falto de percepción. Y ni siquiera tenemos conciencia de ellos. Y creemos que el cuerpo lo es todo. Y que el cerebro es el que genera los pensamientos y sentimientos. El cerebro es simplemente el órgano a través del cual se expresan nuestros pensamientos y con el que podemos darnos cuenta de nuestros sentimientos y emociones. Pero es simplemente un órgano, como una computadora. Él no crea, es tan sólo un instrumento.

Cuando desencarnamos, término más descriptivo del proceso que llamamos muerte, porque lo que hacemos es quitarnos el cuerpo físico, la carne, seguimos sintiendo y pensando. Y con más claridad, porque ya no dependemos de un instrumento físico, como lo es el cerebro, para registrar nuestros pensamientos y emociones. Tenemos una captación más clara, pero seguimos siendo los mismos, con nuestros defectos y con nuestras virtudes.

La muerte no nos cambia, simplemente nos quita uno de nuestros cuerpos...

Una de las experiencias más reconfortantes para un occidental orientado espiritualmente y que al mismo tiempo es un ser pensante, si se quiere científico, es encontrarse con la Doctrina de la Reencarnación, que sustenta que no es una sola vida sino muchas las encarnaciones que tenemos sobre este planeta, doctrina que prevalece en Oriente y que es la más aceptada en el mundo. Son muchos más los que creen en ella que los que no creen.

Cuando Occidente descubre la doctrina de la Reencarnación se crea como un furor y todos se abocan a saber quiénes fueron en vidas pasadas. Se despliega una fiebre, y lo vemos hasta en las Sociedades más serias, como la Sociedad Teosófica, cuando **Annie Besant** y C.W. Leadbeater comienzan a leer en los registros Akásicos y dan a conocer informes de vidas pasadas relacionadas con los Maestros. Todos querían saber quiénes habían sido. Es curioso, nadie recuerda haber sido una simple sirvienta o un pobre carpintero. Todos los recuerdos tienden a ser personajes deslumbrantes. ¡Cuánta fantasía puede desplegar el ser humano cuando su imaginación se desborda!

Habiendo vivido tantas vidas, por lógica tenemos algunas deudas acumuladas, porque hemos faltado a la Ley del Amor de una forma u otra. A esto los Orientales le llaman **Karma**. Es la *Ley de causa y efecto manifestándose en la vida de los hombres*. Esta Ley la conocemos bien a través de la ciencia. Toda causa tiene su efecto y no hay efecto sin causa. Como señala el Maestro Omraam Mikhael Aivanhov, cuando un agricultor siembra papas, sabe que cosechará papas y no se le ocurre esperar cosechar calabazas si no las ha sembrado. Sabe que un manzano dará manzanas y no peras. Porque se cosecha lo que se siembra. Tan sencillo como eso. Pero esta Ley, tan obvia en la agricultura, cuando se manifiesta en la conducta del hombre, deja de ser obvia y se pretende cosechar alegrías sembrando tristezas, o cosechar amor sembrando odios, sin pensar que la **ley de Causa y Efecto** se cumple inexorablemente en todos los planos. Y, aunque los efectos se demoren, siempre llegan. A veces retrasados una vida o dos, pero siempre llegan, porque lo que es Ley en el Cielo, también es ley en la Tierra.

Toda causa tiene su efecto y no existe efecto sin causa. Por supuesto esta causa puede ser buena o mala. Positiva o negativa. Siempre pensamos en el karma como algo negativo, pero puede ser también positivo. Buen Karma o mal Karma. Las condiciones de tu vida presente, donde naciste, tus padres, tus hijos, tu circunstancia, están determinados por esta Ley. No existe la *Casualidad*, porque ella es la negación de la inteligencia Divina y del orden resultante, y en el universo, todo es inteligente. Basta con observar la conducta de la materia, de los átomos: cómo se unen para formar elementos, cómo funciona nuestro cuerpo, con qué inteligencia nuestro estómago digiere los alimentos, para darnos cuenta de esta inteligencia que lo compenetra todo. Todo lo que existe es producto de la Ley de Causa y Efecto, lo que nos pueda parecer casualidad es simplemente *Causalidad*.

Ante el Karma podemos asumir dos posturas. Una de fatalidad, cuando decimos: es mi Karma y lo tengo que soportar con paciencia y resignación. La otra es aquella en la que decimos: es mi Karma, y como soy su creador, yo tengo el poder de cambiarlo. Y si no puedo cambiar toda la circunstancia que conlleva este karma, al cambiar mi actitud interna, modifico sus consecuencias. Por ejemplo, si por karma eres paralítico, puede ser un paralítico triste o un paralítico alegre. Y podría ser que algún día tu alegría te lleve a caminar.

Kenich Ahán. Jerarca del Templo del Sol, ubicado en el interior de la Montaña Sagrada de Uxmal, cerca de Mérida en la península de Yucatán en México. Su Llave Tonal se encuentra en Greensleeves.

Koan. Uno de los instrumentos más conocidos (pero menos comprendidos) del **budismo** zen. El koan esencial es un aforismo que se presenta como enigma o adivinanza cuya solución sólo puede ser encontrada por percepción directa, no por el sentido común ni por razonamiento lógico.

Algunos ejemplos son:

- «Dos manos que dan una palmada emiten un ruido. ¿Cuál es el ruido de la palmada de una sola mano?»
- «Cuando cae un árbol en medio del bosque sin que nadie lo oiga, ¿qué ruido hace?»
- «Un pato está atrapado en un frasco de cuello estrecho. ¿Cómo sacar el pato sin matarlo ni romper el vidrio? ¡Toma! ¡Ya salió!»

Koot-Hoomi. El Boddhisattva. Actual Cristo de la Tierra. Anterior Chohan del 2do Rayo. Inseparable amigo espiritual de **El Morya**. Tiene su retiro en Kashmir. Anteriormente fue Pitágoras, Nagarjuna (reformador Budista), San Francisco de Asís y San Martín de Porres. Le dictó a Krishnamurti el famoso libro *A los Pies del Maestro.* Su Llave Tonal se encuentra en la hermosa obra *Canción de Cachemira* de Finden.

Krishna. Junto con la Señora Sofía es el 3er Sol del Universo de Alfa y Omega y sostiene dentro de su aura los siguientes planetas:

1. Ilumina
2. Mazda
3. Bella
4. Venus
5. Justicia
6. Unidad
7. Claridad

Krishna quiere decir Azul. Fue la 8va encarnación de Vishnú, el **Cristo Cósmico**. Nació hijo de Vajudeva y Devadaki en Mathura, India.

Kumara. Muchacho virgen. Un jovencito que no pasa de 16 años. Son conocidos los 7 Kumaras que vinieron desde **Venus** en la época Lemuriana y son:

SANAT KUMARA
SANAKA KUMARA
SANANDA KUMARA
SANATANA KUMARA
SANA KUMARA
KAPILA KUMARA
SUJATA KUMARA

Kundalini. Quiere decir enroscado. Es la fuerza de la Madre Divina morando en el cuerpo humano, específicamente en el Muladhara **chakra.**

Llamada a menudo, "la energía de la serpiente",kundalini se visualiza en términos de **yoga** esotérico como una serpiente que se halla enroscada en la base de la columna vertebral. Su energía se libera por vía natural o mediante prácticas concretas de yoga y entonces asciende por la espina dorsal y el cerebro, siempre siguiendo el símil de la serpiente.

Lo que suceda cuando la serpiente depende de la manera en que se haya excitado la energía kundalini. Si los ejercicios prescritos han sido seguidos correctamente y la energía ha recorrido el canal espinal idóneo, se produce la iluminación.

Kunti. Madre Divina generadora del Bien. Madre de Arjuna y de todos los Pándavas, el Ejército del Bien en el **Bagavad Guita.**

Kwan Yin. Madre Divina de la Misericordia. Manifestación de Amida Buda. Anterior director del Rayo Violeta. Sostiene su retiro en la región etérica sobre Pekín. Su Llave Tonal se encuentra en *El Jardín del Monasterio* de Ketelby y en Sakura-Sakura. Mantiene la actividad del Lago Violeta.

L

Lakshmi. Madre consorte de Vishnú, el Preservador Cósmico. Es conocida como la Diosa de la Opulencia Divina. Dadora de todos los dones tanto físicos como espirituales. Goza de gran popularidad en toda la India. También es conocida como PADMA-LAYA, La que vive en el Loto. Su **hipóstasis** en la Tierra es **Lady Nada.**

Lámina del "Yo Soy". La Lámina del **Yo Soy** es la representación física de tu Real Ser, **Dios** en ti, que es el Ser Supremo en donde se suman y sintetizan todos los seres y que Su nombre es la primera persona del verbo Ser que es:

"YO SOY"

Esta lámina está dividida en tres partes que representan al ser humano como una Trinidad que es **Espíritu, Alma** y Cuerpo.

El Espiritu es la figura superior que abarca en su Cuerpo de Luz todo en la lámina, porque Ella lo es todo. Es su Yo Superior conocido bajo el nombre de "La Mágica Presencia" "Yo Soy" o que es lo mismo que **La Mónada** o "El Padre en los Cielos". Su cuerpo es de Fuego electrónico y la Ley Cósmica que les rige es la de Síntesis, ya que Ella lo sintetiza todo y no hay nada fuera de su Ser. Para los Tibetanos es *Avalokiteswara* que quiere decir "Aquel que mira", por eso está representada con ojos inmensamente grandes y luminosos porque es el Ser Todo Vigilante de la Actividad del Cosmos. Habita en el plano más alto de manifestación que es el Monádico y que se conoce con el nombre de *Anupadaka*, que quiere decir: creado por sí mismo, ya que el Yo Soy es una auto Creación Divina. De su frente sale una Triple Llama Azul, Dorada y Rosa que representa los Tres Aspectos primordiales de Dios, que son: Voluntad, Sabiduría y **Amor**. En su **chakra** SAHASRARA se encuentra el círculo con el punto que es el símbolo primario del cosmos y que representa al **Logos**, la Palabra o el Verbo que es Yo Soy. Esta presencia se proyecta a través del Plano Atmico, Budico y Mental Superior, formando la Tríada Espiritual: donde **Atma** no es el Ser porque ya el Ser es el Yo Soy, sino la **Conciencia** que reconoce al Yo Soy. *Buddhi* es la Conciencia de Yo Soy en toda **vida** y **Mente**, es toda la Conciencia Divina en expansión hacia el ser que se encuentra en la parte inferior de la lámina y que es el Cuerpo o **Personalidad.**

La Morae. Dios de la **Armonía** y Director del Foco de la Armonía situado sobre la isla de Madagascar. Templo que sirve en conjunción con el templo del Amado **Kenich Ahan** para traer a la Tierra las cualidades de la Nueva Edad Dorada. Su Llave Tonal se encuentra en la obra *Claro de Luna* de Debussy.

Lavanda. Olor Sagrado del 7mo Rayo Violeta. Transmutador, antidepresivo y estimulante.

Leto. Maestra que tiene su foco etérico sobre la isla de Delos cerca de Miconos, en el mar Egeo, en Grecia.

Levitación. La supuesta facultad de desafiar la gravedad; más exactamente conviene distinguir dos categorías: 1) la levitación de objetos inanimados o animados; 2) la autolevitación.

La primera de estas categorías se asocia evidentemente con la *psicokinesis* y ha sido objeto de abundantes investigaciones desde la época victoriana, con pruebas estimables de su realidad, incluso bajo las condiciones de ensayo más exigentes.

La autolevitación, tradicionalmente vinculada con la experiencia extática de los santos, es bastante más controvertida, aunque existe una importante bibliografía anecdótica (que incluye el caso de santa Teresa de Ávila, que le reprochaba a **Dios** que la hiciese volar por la habitación de manera tan poco digna) que se remite a la más remota antigüedad.

Una de las manifestaciones más interesantes de la autolevitación en época relativamente moderna es la experimentada por Daniel Douglas Home, un *médium* espiritista que logró salir flotando por una ventana y regresar por otra diferente, en presencia de un asombrado grupo de testigos.

Ley. Es una regla constante y universal que se cumple en todos los ámbitos a los cuales esté determinada. La Ley Básica de todas es la del Ser de las que se desprenden:

I Tres Leyes Cósmicas

Síntesis
Atracción
Economía

II Siete Leyes del Sistema

Vibración
Cohesión
Desintegración
Control Magnético
Fijación
Amor
Sacrifico y Muerte

III Siete Leyes Crísticas

Sacrificio
Impulso Magnético
Servicio
Repulsión
Progreso Grupal
Respuesta Expansiva
De los Cuatro Inferiores

IV Siete Leyes Herméticas

Mentalismo
Correspondencia
Vibración
Polaridad
Ritmo
Causa y Efecto
Generación

Ley De Causa y Efecto La. La mente es un motor. Los pensamientos son fuerza o energía que genera la mente. Esta energía sale de nuestra mente en vibraciones, en ondas que, por obra y gracia de la **Ley del Ritmo** regresa a nosotros trayéndonos el futuro que hemos recogido. Es decir, que si se hace un bien a alguien, o si se habla bien de alguien, esas palabras o ese acto bueno sale en vibraciones de color. Ese color atrae las vibraciones de su mismo color y regresan aumentando el bien se hizo.

No existen casualidades. No pueden existir porque no existe la *Ley de la Casualidad*. No hay sino leyes exactas llamadas Principios, porque son inmutables.

El Principio de Polaridad fija: lo que se hace y se dice en uno de los dos polos, positivo o negativo. Es decir, que lo que se piensa, dice o se hace, es positivo o negativo. No existe un tercer polo.

Ley de Oferta y Demanda. La Ley de Oferta y Demanda dice que cada vez que alguien necesita una cosa, hay otro que quiere salir de una igual. Cada vez que se quiera botar algo que ya no nos hace falta, que ya no se necesita, hay otro que sí. Si tú empleas y sabes esa Ley, te pones a invocar, cada vez que tengas algo bueno, que venga la persona, entonces atraeré a la persona que necesite esto porque quiero dárselo. Sí, inmediatamente aparece alguien y lo mismo sucede cuando tú necesitas algo.

Ley de Vibración. Es una de las más bellas e interesantes Leyes que rigen nuestro **Universo.**

Existe mucho sufrimiento en la tierra y tal cosa puede hacernos pensar que **DIOS** sí se enoja, que DIOS sí castiga; pero sabemos que no es así, que lo que castiga es la **Ley,** los **Siete Principios Universales** que gobiernan el Cosmos, los cuales funcionan inexorablemente, sin distinguir entre ignorantes y sabios, entre adultos y niños, entre ricos y pobres, entre razas, nacionalidades, ni credos. La

Ley o Principio es fundamental, funciona y el que la desafía cae bajo sus efectos. Es como la hélice de un avión que gira vertiginosamente, su LEY es atrapar y arrastrar, triturando, entre sus aspas, todo lo que entre dentro de su radio de acción. Esto, el que lo sabe, lo evita, no osa desafiar esa LEY.

Los metafísicos, sabemos o debemos saber cuáles son y cómo funcionan estas **siete Leyes** bases, de las cuales dependen todas las demás leyes físicas y terrenas que rigen nuestras vidas, pues son como sub-leyes que les están subordinadas, para así no desafiarlas imprudentemente, metiéndonos dentro de su campo de acción en forma inconsulta, sino estudiándolas, respetándolas, usándolas en nuestro favor, es decir, aprovechando la parte positiva de su funcionamiento y poniéndolas a trabajar para nuestro bien.

Ley Del Ritmo.

"TODO FLUYE Y REFLUYE, TODO TIENE SUS PERÍODOS DE AVANCE Y RETROCESO, TODO ASCIENDE Y DESCIENDE, TODO SE MUEVE COMO UN PÉNDULO, LA MEDIDA DE SU MOVIMIENTO HACIA LA DERECHA ES LA MISMA QUE LA DE SU MOVIMIENTO HACIA LA IZQUIERDA; EL RITMO ES LA COMPENSACIÓN".

Este principio encierra la verdad de que todo se manifiesta en un determinado movimiento de ida y vuelta; en todo se manifiesta una oscilación media, un flujo y un reflujo, un movimiento semejante al del péndulo de uno a otro polo, según el principio de polaridad, con el cual el Ritmo está estrechamente relacionado. El Ritmo se manifiesta entre los dos polos de todo. Esto no significa que la oscilación rítmica vaya hasta los extremos en la mayoría de los casos. Pero la oscilación se efectúa hacia un polo primero y después hacia el otro polo. Siempre hay una oscilación, un avance y un retroceso, una elevación y una caída manifestándose en todas las cosas y fenómenos del universo.

Esta ley rige para todo: soles, mundos, mentes, energía, **espíritu**, materia, animales, vegetales, etc. Lo vemos en la historia de la vida en todas las cosas, en la elevación y caída de las Naciones, es decir, que en todos los Planos este Principio está en función. En el Plano Espiritual, por ejemplo, siempre hay una emanación seguida de una absorción. Nosotros emanados de Dios nacemos (descendemos a conciencia material) y luego morimos (somos absorbidos a conciencia espiritual). Este es nuestro Gran Ritmo. Es una evolución Rítmica ascendente, en nuestro nacer y morir. Es la Respiración y la Aspiración de **Brahma**, según dicen los **Brahmanes**. Los Universos se crean, alcanzan el punto más bajo de materialidad y entonces comienza la oscilación de vuelta. Los Soles nacen, llegan a la cumbre de su Poder, y empieza el proceso de retrogresión y después de Eones sin cuento se convierten en grandes masas de material inerte, esperando otro impulso que los lleve a otro nuevo ciclo de vida solar. Estos son los grandes Ritmos, pero el Principio lo vemos en todo. Así en los grandes movimientos Filosóficos; creados de cualquier clase; gobiernos, políticos de turno; nacen, crecen, llegan a la madurez, decaen, mueren; sólo para renacer de nuevo.

Todo se repite una y otra vez, igual al pulso que es el Ritmo más pequeño que nosotros podemos ver o sentir; el día y la noche, las estaciones, nada está en reposo. Todo tiene su propio Ritmo. También lo vemos en todas las fases de la actividad humana .

Libre Albedrío. Es la libertad que tienen todos los seres humanos para escoger entre el **bien** y el **mal**. Es una facultad que bien conducida puede hacer de la raza humana una raza de dioses creadores, ya que el crear es una cualidad especial del libre albedrío.

Ling, Señor. Dios de la Alegría y Felicidad. Él se hace presente en toda manifestación de alegría y felicidad. Fue en otras vidas Moisés.

Logos. Es la Palabra Creadora, el verbo, el Ser que sostiene un planeta, un sol o un Universo, por lo que recibe el nombre de Logos Planetario, Logos Solar, Logos Cósmico respectivamente.

Loto. Flor Sagrada símbolo del **Cristo Interno.** Igualmente, es el símbolo de la pureza y la resurrección tanto en la India, como en Egipto. Representa el Alto Egipto. Asimismo, es el nombre del complemento Divino de **Guy Ballard**, discípulo del Maestro **Saint Germain**.

Loto Egoico. Loto de doce pétalos donde se encuentra la *Joya* que es el **Cristo Interno**, ubicado en el plano mental superior. En él se encierra el poder del tres veces tres en sus nueve pétalos: tres de conocimiento, tres de amor y tres de sacrificio.

Luzar. Nombre que se le da al maestro guardián del foco del Rayo del **Catatumbo** debajo del Lago de Maracaibo, cuya Llave Tonal es *La Tormenta* Op

76 de Tchaikovsky. Su templo fue abierto el 1ro de Junio de 1980. Fue, igualmente, un antiguo guardián de la Llama del Templo de Kenich Ahan.

LL

Llama Insustenta. Es la síntesis de la **Llama Triple.** Será anclada visiblemente en los Templos de la presente Edad Dorada. Era visible en los templos de la antigua **Atlántida**. Entre sus múltiples usos era utilizada para hacer desaparecer los cuerpos inertes después de haber pasado por el proceso llamado muerte.

Llama Triple de La Vida. Esta actividad está generalmente representada por tres Llamas distintas de color Rosa, Oro y Azul. La Llama Rosa representa el **Amor Divino**; la Llama Dorada la Sabiduría Divina; y la Llama Azul el Poder del Creador en todas las cosas. El balance perfecto de estas tres cualidades divinas con frecuencia se le llama el poder del Tres Veces Tres. El anclaje de Luz en el corazón físico se representa generalmente por medio de estas tres Llamas conocidas como el **Cristo interno.** Por medio de la perseverancia sincera, le es posible al estudiante invocar la actividad del Cristo Interno y así preparar el camino para cada movimiento suyo. De este modo no pueden ocurrir errores de apreciación y el estudiante caminará con certeza en el Sendero, hacia su propio desarrollo espiritual.

Llama Violeta. Es una manifestación del Séptimo Rayo de la Divinidad, el rayo del Orden Ceremonial o Magia. Su fuerza transmutadora es de vital importancia en estos momentos de transición de una Era a otra, en donde deben ser disueltas, transmutadas y consumidas una cantidad de formas mentales y emocionales que nos vienen del pasado y son impedimentos al libre flujo de la energía de la **Nueva Era** y la manifestación de sus grandes arquetipos en la vida de los hombres.

Este conocimiento del uso de la Llama Violeta es ofrecido a la humanidad por el **Maestro Saint Germain,** a través de su discípulo **Guy Ballard,** fundador de "La Actividad **Yo Soy**" como la herramienta más poderosa en los actuales momentos de transición.

Se necesita una fuerza sostenida, capaz de disolver los *egregores* del pasado remoto de la humanidad que se han hecho presentes en nuestro mundo moderno, debido al rompimiento de los éteres, ocasionado por las detonaciones nucleares y los bombardeos de las guerras mundiales.

Las cualidades de la Llama Violeta son:

1. Orden Ceremonial o Magia
2. Transmutación
3. Perdón
4. Justicia
5. Libertad
6. Amor Compasivo

1. ORDEN CEREMONIAL. La naturaleza se manifiesta en base a un ritual u orden establecido. Este es el ritual del Séptimo Rayo. El Ritual del Amanecer, que la naturaleza brinda

todos los días, aporta un conocimiento profundo si se desarrolla el poder de observación que nace del corazón. Hay en el hombre una comprensión superior que trasciende los linderos de la mente razonadora y su camino es el corazón. No se habla del sentimentalismo, sino del corazón, donde se encuentra el **Cristo Interno**. Aprender a ver con el corazón instruirá en los grandes misterios. Aquietarse, guardar silencio en la mente, amar y abrirá las puertas doradas de una comprensión superior.

2. TRANSMUTACIÓN. Consiste en cambiar una cosa negativa en su opuesto positivo. Este poder permite utilizar todos los materiales que la vida ofrece para crear belleza, luz, amor, paz y todas las demás cualidades positivas.
3. PERDÓN. Es el acto de transmutación más trascendental que se puede realizar.
4. JUSTICIA. Cuando una circunstancia necesite la justicia, se puede invocar la Llama Violeta para que la Justicia Divina se manifieste. Envuelve la situación en Llama Violeta y pedir a la Diosa de la Justicia que imponga la sagrada balanza del Orden Divino. La Justicia Divina, cubre, no sólo una vida, sino la totalidad de las vidas; por ello, cuando miramos sólo una parte de la realidad, nos puede parecer injusto aquello que, visto en su totalidad, es justicia absoluta.

   La LLAMA VIOLETA libera de las cadenas del **karma**. Se dice mucho que, por su efecto, se quema el karma.
5. LIBERTAD. La libertad es la meta de todo tipo de evolución, porque es la condición natural de la conciencia en el universo. Se es más libre en la medida que se logra mayor evolución. El

hombre logra su libertad en el reino humano cuando manifiesta un cuerpo en perfecto estado y no está controlado por sus emociones ni por su mente. Muchas veces un hombre vocifera su libertad y es esclavo de un vicio. Todos los fumadores, alcohólicos y drogadictos, adolecen de falta de libertad.

6. AMOR COMPASIVO. Es la capacidad de amar desde lo más pequeño a lo más grande, basándose en el reconocimiento de la naturaleza divina que subyace en el mundo interno de todos los seres.

Llama Violeta Transmutadora. Esta es una actividad del **Fuego Sagrado** calificada con el Poder Divino de la Transmutación. Es un regalo a los habitantes de la Tierra del Ascendido Maestro **Saint Germain** al igual que todas las actividades del Sèptimo Rayo o Violeta, cuya presencia envolverá la **Nueva Era** durante los próximos 2000 años. La transmutación significa sustituir una sustancia por otra, y esto es exactamente lo que hace el Fuego Violeta, reemplaza la imperfección con la imperfección divina. También sublima (purifica por medio del fuego), todo lo que no sea perfecto. La Llama Violeta Transmutadora puede ser invocada por el estudiante y encendida a través de su ser, de su mundo y de sus asuntos para traer la perfección divina a todo lo asociado con él, y también puede ser llamada en cualquier condición que él crea que requiera este servicio, ya sea local, nacional o planetaria.

Lloyd David. Maestro Ascendido de la Gratitud. Fue conocido bajo la dispensación de la actividad Yo Soy y es mencionado en los libros de **Guy Ballard.**

M

Madres Divina Cósmica. Concepto Femenino de Dios, todo aquello que abarca el Universo Manifiesto. Tiene infinitos aspectos y acepciones pero sus tres básicos son como las Tres Grandes Madres Divina.

1. Durga
2. Lakshmi
3. Saraswati

Maestros Ocultos. En 1887 **Madame Blavatsky** publicó una peculiar obra en dos tomos, asombrosamente destinada a convertirse en un *best-seller.* El libro se titulaba *Isis sin velo* y pretendía ser " la clave maestra de los misterios de la ciencia y la teología, antigua y modernas". Afirmaba también, lo mismo que otra obra posterior de Madame Blavatsky, *Doctrina secreta,* que los destinos de la humanidad son controlados y guiados por una Hermandad esotérica de los Maestros Ocultos.

Estos Maestros se describen como entidades sobrehumanas, dotadas de poderes místicos, que se ocultan en las estribaciones tibetanas del **Himalaya**. La misma Blavatsky pretendía haberlos visto cara a cara, haber aprendido gran parte de su sabiduría y haber sido elegida, precisamente, para divulgar la noticia de la existencia de aquéllos en el mundo occidental.

En esta última misión Blavatsky pudo contar en seguida con la ayuda de un director de prensa de la India británica, Míster A.P. Sinnett, que empezó a publicar unas cartas escritas por dos miembros de la Hermandad mística en donde se describía una visión del mundo tan misteriosa como romántica.

El interés público hacia los maestros ocultos, que culminó en la prosperidad de la *Sociedad Teosófica* fundada por Blavatsky, se ha revelado notablemente duradero. En 1923 se publicaba todavía una recopilación de las cartas de Sinnett, y las reimpresiones siguen siendo comercialmente rentables.

Los Maestros Ocultos del tándem Blavatsky/Sinnett forman evidentemente parte de la tradición esotérica oriental, más o menos aceptada en los mismos términos en que la describió Blavatsky por quienes en Oriente manifiestan interés hacia estos asuntos. Existe no obstante una *tradición esotérica occidental* inspirada en la **Cábala,** que propone una doctrina sumamente parecida.

Estas enseñanzas se divulgaron por primera vez durante el Renacimiento, cuando apareció un opúsculo titulado *Fama Fraternitatis*, en el que se describía la existencia de una " Hermandad de la Rosa Cruz " cuyos adeptos ocultos eran los guías sutiles de los destinos de Europa.

El concepto de los Maestros Ocultos conoció una prolongación durante el siglo XIX, con la creación de la Orden Hermética del Alba Dorada, uno de cuyos más excéntricos líderes fue el escritor y erudito británico MacGregor Mathers, el primero en anunciar que las estructuras mundanas de la Orden escondían la existencia de ciertos Jefes Secretos, de quienes él recibía instrucciones. Estas versaban sobre la conducción de la Orden y sobre el tipo de doctrinas que la misma debía postular.

Aparte del detalle de no ser (necesariamente) tibetanos, los Jefes Secretos con arreglo a la descripción de Mathers parecían más o menos idénticos a los Maestros Ocultos de la Blavatsky. Cultivaban las artes esotéricas, velaban por los intereses de la Humanidad e intervenían sutilmente para guiar los destinos de la raza humana. Lo mismo que la señora Blavatsky, Mathers afirmaba la realidad física de sus Jefes Secretos; incluso decía haberse tropezado con dos de ellos, una vez, durante un viaje en tren.

Pero también mantenía que muchos de estos seres sobrenaturales, si no todos, pasaban la mayor parte de su vida bajo forma espiritual, y sólo se encarnaban ocasionalmente y obedeciendo a misiones especiales.

Mahachohan El. Conocido como el Señor de la Civilización. Jefe de los maestros ascendidos. Reside en los **Himalaya**.

Maitreya. Actual Buda de la Tierra y uno de los miembros del Triunvirato de **Shamballa**, fue el Ser que trabajó a través del Maestro **Jesús** en su ministerio en Palestina. Fue anteriormente el **Cristo** de la Tierra o Boddhisattva. Él es el Cristo que reencarnará. Su nombre quiere decir Infinita Compasión. Su Llave Tonal se encuentra en El Dulce Misterio de la Vida.

Mal. Todo aquello que es destructivo y va en contra de la realización del Ser.

Mandala. Diagrama para realizar ejercicios de concentración y **meditación** como lo puede ser el cuadro de los **siete Rayos** con sus respectivos Chohanes, Elohims o **Arcángeles**. También un esquema que refleje los planos y sus respectivos éteres y elementos. Generalmente son generadores de un gran poder magnético.

Manos, Significado de las. Las manos del hombre son las manos del Creador, y cada uno de sus dedos representan los Rayos de la siguiente manera:

- EL Pulgar: Representa la tolerancia y el Tacto, Tercer Rayo Rosa, bajo la dirección de la Ascendida Maestra **Lady Rowena**.
- El Indice: Representa la Belleza y la Armonía, bajo la dirección del Ascendido Maestro **Serapis Bey**, Rayo Cuarto Blanco.
- Dedo del Medio: La Ciencia en todas sus formas Divinas, bajo la dirección del Ascendido Maestro **Hilarión**, Quinto Rayo Verde.
- Dedo Anular: Representa la Devoción, la Paz, la Tranquilidad, bajo la dirección de la Ascendida Maestra **Lady Nada**, Sexto Rayo Oro Rubí.
- Dedo Meñique: El Rayo Violeta de la Transmutación, Rayo Ceremonial bajo la dirección del Avatar, el Ascendido Maestro **Saint Germain**, Séptimo Rayo.

Manto De Luz. Tal como el nombre lo dice, el Manto de Luz es una actividad de Protección Divina que regular, constante y conscientemente debe ser invocada por el individuo para asegurar su eficacia. Cuando el hombre por primera vez se individualizó en la Tierra, este Manto de Luz era una especie de tubo que encubría su aura, pero a medida que él gradualmente se retiraba de la Conciencia Divina, esta Corriente de Luz se hizo más y más pequeña, hasta que hoy, en la mayoría de las personas es apenas mayor que un lápiz. El flujo de esta substancia de luz dentro del corazón se llama el Cordón de Plata, y es el anclaje de la Vida Divina dentro del individuo. A su alrededor hay un flujo dorado de energía a través del cual la **Presencia YO SOY** precipita en el mundo del individuo, el Bien acumulado de su **Cuerpo Casual** y también a través del cual, cualquier Ser Divino, al ser invocado, derramará sus Virtudes o Cualidades para el uso del estudiante y beneficio de toda la humanidad. Estas cualidades pueden variar según el requisito, pero el estudiante sabio, construye un impulso de una cualidad o virtud dentro de su Manto de Luz, que puede ser llamado en momentos de crisis para que fluya en dirección suya cuándo y dónde sea necesario. La esfera de influencia del propio Manto de Luz depende de la cantidad de dedicación consciente a una Virtud Divina en especial y es necesario que regular y rítmicamente se hagan solicitudes a la propia Presencia YO SOY para sostener y expander esta gran actividad protectora alrededor del individuo.

Mantram. No es poca la desorientación que rodea el tema de los *mantrams*, que se confunden a veces con los conjuros o las de la magia ritual. En realidad un *mantram* no es más que una palabra o una frase que, por repetición, influye sobre la mente humana. Según esta definición serían *mantrams* muchos slogans publicitarios, aunque es más corriente reservar dicho término a las salmodias utilizadas en **yoga** y en las prácticas esotéricas y/o místicas orientales para apaciguar la **mente.**

En esencia, la *meditación trascendental* es un arte *mántrica*, ya que la iniciación confiere a sus practicantes un *mantram* personal, que ha de sintonizar con sus vibraciones individuales. Aunque "afinacíon" esa personal no debe ser tan necesaria, si hemos de juzgar por los millones de orientales que se contentan con usar en sus prácticas de meditación los mantrams "hechos".

De éstos el más conocido será quizás el **om mani padme hum** asociado con el budismo y que suele traducirse como «¡oh, la joya de la flor de loto!». En el Cercano Oriente tiene una difusión parecida el mantra islámico *hua allahu alazi lailana illa hua*,«Sólo Él es Dios y no hay otro Dios más que Él» . Como ejemplo de mantra de la Antigüedad podemos citar el egipcio *A ka dua, Tuf ur biu, Bi aa chefu, Dudu ner af an nuteru*, «¡adoro el poderío de tu aliento, oh Dios supremo y terrible ante quien tiemblan los dioses y la Muerte!».

El significado importa poco a efectos prácticos. Los mantrams adquieren aceptación por su utilidad para crear cambios en la **conciencia** o el estado mental. El denominador común de muchos de ellos es que : con la última sílaba de cada uno, el adepto vuelve a repetirlo desde el principio.

Para entender un poco la manera en que se usan los mantrams, se puede experimentar con el *om mani padme hum*. Si lo salmodiamos en voz alta al principio, hay que pronunciarlo con sonoridad alargando el *hummm* final para hacer que se confunda con el *ommmmm* siguiente, lo que da una cadencia así:

ommmm mani padme hummmm oommm mani padme hummmm...

Después de escucharse a sí mismo durante varios ciclos, vaya bajando la voz poco a poco hasta el sonido, y siga entonces pronunciando el ciclo mántrico mentalmente. Varíe la velocidad hasta encontrar el ritmo que captura su atención, al punto que la rotación del mantram rechaza todo pensamiento ajeno. El efecto es parecido al que ocurre cuando uno tiene en la cabeza una tonadilla pegadiza y no consigue olvidarse de ella. El mantram gira y gira y se expande hasta llenar toda la conciencia, sin dejar espacio para nada más. Y aunque uno conozca el significado de la frase que pronuncia, tal sentido pronto se pierde, como cuando se repite una palabra tantas veces que al final acaba por parecer absurda.

Una vez establecida la rotación del mantra, ella continúa sin necesidad de ningún esfuerzo consciente, lo que libera el cerebro y permite relajarse con más tranquilidad. Cuando quiera retornar a su estado de conciencia normal, haga más lenta la cadencia del mantram y luego diciéndolo varias veces en voz alta antes de dejarlo por completo.

Maya. Es el velo de la ilusión en el mundo, es todo lo que está sujeto a cambio, mutable. Lo que ha tenido principio y tendrá fin. Lo contrario a la **verdad**.

Es un término de la filosofía hindú que significa ilusión, en el sentido de la falsa apariencia de las cosas, que suele confundirse con la naturaleza intrínseca de las mismas.

Meditación. Es un término que abarca gran diversidad de técnicas encaminadas a lograr un estado de iluminación, o de éxtasis, o los dos a la vez. Pese a la variedad de los planteamientos, casi todas las formas de la meditación pueden clasificarse en una de las dos categorías básicas siguientes:

La primera, que inspira la mayoría de las técnicas de meditación cristianas, sufíes y del **yoga**, consiste en intensificar la concentración. El adepto o adepta dedican toda su atención indivisa a una sola idea o percepción, en busca de la absorción total que conduce al entendimiento. En caso de éxito se produce un estado de trance, durante el cual se atenúa la conciencia de los fenómenos externos y desaparecen los efectos rivales de sus estímulos. Los entendidos creen que ésta es la forma de meditación más antigua y que alcanzado el nivel superior de la práctica, ésta conduce a los estados de éxtasis.

La segunda, desarrollada por el **Buda** según admite la tradición, consiste en el examen pasivo de los contenidos variables de la **conciencia individual**, procurando no dar preferencia a ningún aspecto de tales contenidos, ni vincularse a ninguno de los que se observen o vayan surgiendo. El objetivo de este tipo de meditación, obviamente, es alcanzar un estado consciente superior, pero también crea un canal muy eficaz por donde ciertos contenidos antes inconscientes se revelan a la mente consciente.

Meditar. Significa realmente sentir la activa Presencia de **Dios**, por eso cuando se entra en **meditación** no debemos arrastrar con nosotros todas las perturbaciones que nos han atacado hasta ese momento. Hay que quitar conscientemente del sentimiento y de la atención todo aquello que pueda perturbar, pues es una actitud para sentir la Presencia de Dios. Cuando se dio aquella afirmación: Conoced la **Verdad** y ella os hará libres, la intención fue la de reconocer y aceptar la actividad de la Gran **Presencia YO SOY.** Por eso, 1) Hazte consciente de que el YO SOY es el Primer Principio y que es la absoluta seguridad de liberación; ahora mismo, 2) Conoce que YO SOY es la activa Presencia que gobierna toda manifestación en tu **Vida** y tu Mundo perfectamente. Así habrás entrado a la Verdad que te dará toda libertad.

Melchor. Adorando la voluntad de **Dios** en el resplandor del Hijo de Dios, fue Melchor quien perfeccionó la ciencia de los cuerpos celestes y de los ciclos de la astrología cósmica. Siguió con precisión matemática la estrella de la Presencia del Niño Hombre que nació de la Virgen María y le llevó el precioso obsequio del oro: el electrón dorado de la Mente de Dios, esa mente que habría de manifestarse de manera perfecta en la conciencia universal de **Cristo** Jesús; el oro del Rey de Reyes, el Príncipe de la Paz; el oro de la enseñanza del Christos eterno, el Hijo, que procede del Sol dorado de Justicia; el oro: vida abundante que habría de restaurar a todos la ofrenda de su Madre a los hijos de ésta.

Méndez, Conny. Fundadora del Movimiento Metafísico Hispanoparlante más grande del cual se tenga conocimiento. Escritora de numerosos libros metafísicos que han transformado la vida de millones de almas. Compositora, caricaturista, conferencista e intérprete. Nació en **Caracas** el 11 de abril de 1898 y desencarnó en Miami en 1979.

Mentalismo. Es una de las **siete Leyes** que se le da primordial importancia dentro de la enseñanza metafísica de **Conny Méndez**. Ella dice que al estudiar y poner en práctica la Ley de Mentalismo, se pone al aspirante de una vez en el plano mental y de allí hacia los planos superiores todo por encima del físico y astral.

Mentalismo Principio del.El principio del Mentalismo, es la forma de curar todas las enfermedades es la forma de resolver todos los problemas y todas las calamidades, es decir, el Principio del Mentalismo es el descubrimiento SENSACIONAL porque el mundo no lo conoce y sabe muy poco de él. De manera sencilla dice que todo, todo lo que a nosotros nos ocurre, está en nuestra mente y se refleja hacia afuera.

Se piensa en una cosa y ya. De inmediato queda resgistrado y si no se vuelve a pensar, se graba y llega a formarse lo que nosotros llamamos un concepto: es como el negativo de una fotografía que reproduce en el exterior el positivo de la foto, es decir, el retrato.

Ahora sí podemos borrar todo lo que hemos **pensado mal; ¡sí se puede: eso es lo que nosostros enseñamos y practicamos!**

¡Por supuesto que sí se puede! ¡Uno se acuerda que lo positivo se graba bien, todo lo positivo se graba y funciona en el exterior como una maravilla, todo lo que ocurre es bueno! Las cosas que le ocurren a la gente son buenas porque las ha pensado positivamente y todo lo negativo es lo que sale reproduciéndose en todas las enfermedades, todos los males.

El Principio del Mentalismo es muy conocido por otras sectas, entre ellas, por ejemplo, están los **Rosacruces** y los Yokes.

Mente. La mente es esa cualidad del hombre que le permite razonar, pensar, tener conciencia de que existe. El animal y el hombre tienen en común un **cuerpo físico**, un **cuerpo etérico** o de energía y un **cuerpo emocional**; pero el animal carece de un **cuerpo mental**. *El hombre es hombre porque piensa*. Como esta diferencia pertenece al mundo sutil, la ciencia no la considera para la clasificación y se nos enseña que el hombre pertenece al reino animal. No. Existe otro reino superior: el reino humano, con las características del reino animal, pero con la gran diferencia de que el hombre piensa y el animal no...

La mente es el poder creador de nuestro mundo. Es el factor por el cual los hombres pueden llamarse Hijos de **Dios**. Determina el estado de los cuerpos físicos etérico y emocional. Con la mente, el hombre ha creado su circunstancia, esté o no consciente de ello. La mente posee unos poderes tan grandes que cuando el hombre conozca a fondo su poder y aprenda a manejarlo correctamente, el planteamiento entero cambiará.

El hombre tiene tres vehículos a través de los cuales manifiesta su personalidad: físico y su contraparte etérica, emocional y mental; de los tres, el mental es el más sutil, La materia que conforma los pensamientos de la humanidad es más sutil que la de sus emociones y la de su cuerpo físico. En este Universo todo es materia, aunque parte de esa materia no se pueda recibir con los cinco sentidos. Materia y energía, en última instancia, vienen a ser lo mismo. Como decía **H.P. Blavatsky**: Espíritu es materia en su grado más denso y materia es espíritu en su grado más sutil. La parte espiritual del hombre, su **Alma**, es todavía más sutil que la mental, y por lo tanto, tiene una vibración más alta. Como la vibración de la mente es más alta que la de los otros vehículos inferiores, ejerce poder sobre ellos. *Lo superior domina lo inferior*, con la mente puedes manejar tu cuerpo emocional y físico. La mente es la ordenadora y reguladora de la vida. *Ella determina la circunstancia del hombre.*

Hay personas que creen en su buena suerte y siempre la tienen; y asimismo, hay otras que creen en su mala suerte y nada les sale bien. Ellos mismos determinan con su forma de pensar, lo que les va a suceder. La mente es tan poderosa que por ella somos *Creadores*; los creadores de nuestra circunstancia.

Mercedes, Madre. Actual Chohan del 7mo Rayo, tiene su templo etérico sobre la región del Santo Cerro en República Dominicana. Complemento Divino del Señor **Saihthru**. Su Llave Tonal se encuentra en el *Va Pensiero* de la Opera *Nabuco* de Verdi.

Merú. Dios regente del Templo de la Iluminación sobre la región etérica del Lago **Titicaca**. Su Llave Tonal es *Cuadros de una Exposición* de Musorsky.

Metafísica. Del griego *meta*, quiere decir más allá y *physica* el mundo material. Nombre dado por Andrónico de Rodas al libro de Aristóteles que iba después de la Física. Sistema de vida y pensamientos enseñados por **Conny Méndez.**

Es una rama de la filosofía que estudia lo que está más allá de los sentidos físicos. Su mismo nombre, que nos viene del griego, te lo dice: Meta= más allá. Ta-prusika= de lo físico.

La Metafísica estudia la **Verdad**.

Quiere decir, simplemente, más allá de lo físico, lo invisible y sin forma, aunque ha quedado esta palabra ahora para denominar una filosofía práctica para la vida diaria.Es todo lo contrario: basada en el Amor Universal, en el **Bien**, en la **Paz** en la **Armonía**; ésa es la Metafísica.

Micah. El Angel de la Unidad, anteriormente fue el **Maestro Jesús**. Hijo del **Arcángel Miguel.** Trabaja bajo el Rayo Azul. Espíritu Envolvente de 1986.

Miguel Arcangel. Primer Arcángel del Cielo. Actúa en el 1er Rayo, su Complemento Divino es la Amada Fe. La actividad de su espada es de un magno poder. Tiene su retiro en Banff, en el estado de Alberta en Canadá. Su Nota Tonal es *La Marcha de los Soldados* de Fausto. En la Kábala se conoce como METRATON. Es reconocido y reverenciado en varias religiones como la Cristiana, Hebrea e Islámica.

Miriam, Lady. Complemento del Maestro **El Morya.** Anterior Directora del Rayo Azul. Fue conocida en su última encarnación como Geraldine Inocente y como tal fue la fundadora por sugerencias del Maestro El Morya del Puente a la Libertad. Su patrón electrónico es la **Copa**. Su Llave Tonal es **Panis Angelicus** de César Frank. Su retiro etérico se encuentra sobre la isla de Sri Lanka.

Mirra. Olor Sagrado de alto poder protector. Reconocido olor del 2do Rayo Dorado.

Misericordia. Es una actividad del 7mo Rayo. Es la concesión de una gracia divina o espiritual descargada sobre alguien que la demanda, la merezca o no. Tradicionalmente se conocen 14 misericordias:

1. Dar de comer al hambriento (dar enseñanza espiritual),
2. Dar de beber al sediento (dar vida espiritual),
3. Vestir al desnudo (de las vestiduras de la Luz de **Dios**),
4. Dar posada al peregrino que busca la casa de Dios,
5. Visitar a los enfermos (enfermos físicos y espirituales),
6. Visitar a los cautivos (los presos en las ataduras del cuaternario inferior),
7. Dar sepultura a los muertos (Borrar el pasado),
8. Dar consejo (de seguir el camino de La Luz),
9. Enseñar al que no sabe,
10. Corregir al equivocado,
11. Consolar al afligido,

12. Perdonar,
13. Paciencia,
14. Orar por los muertos (muertos espirituales).

Monada. Es la presencia "**Yo Soy**", el **Espíritu**, El Padre que está en los cielos. Es de la naturaleza de Fuego Electrónico y la rige la Ley de Síntesis. Habita en el plano Monádico. Existen 70 millones de Mónadas:

- 5 mil millones de 1er Rayo
- 35 mil millones de 2do Rayo
- 20 mil millones de 3er Rayo

Moyra El.(vease: El Moyra, Maestro)

Musicoterapia· Es la curación a través de estímulos musicales, tanto de sonidos y vibraciones de ondas sonoras y rítmicas, además de incluir obras musicales de la historia de la música pasada y contemporánea.

N

Nabucodonosor. Representa la voluntad humana apoyada en el intelecto humano, lo cual produce el juicio humano. Rey, siempre representa una función de la voluntad y la voluntad atrincherada en el conocimiento intelectual y dándole su plena atención a los conocimientos materiales es muy poderosa hasta cierto punto, pero llega un momento en que se da cuenta de su debilidad e ineptitud como le sucedió a Nabucodonosor. También representa al niño voluntarioso que quiere satisfacer todos los deseos de su **alma**, sean buenos o inconvenientes para él.

Nada, Lady. Antigua directora del 6to Rayo Oro Rubí. Dadora de Opulencia, **Paz** y Suministro. Su Llave Tonal se encuentra en el tema del Doctor Zhivago y su retiro se encuentra en la región etérica de Tanzania, Africa.

Nadis. Son canales por donde circula energía sutil. Existen cientos de ellos en el **cuerpo etérico**. Los más importantes son tres: Sushumna, Ida y Pingala por donde asciende el **Kundalini**.

Namu Amida Butsu. Es el mantram de **Amida Buda**. Quiere decir: Sagrado es el nombre de Amida. Su

repetición es una gran protección; atrae la radiación de la Luz Infinita desde la Tierra Pura del Esplendor sin Límites. Este mantram se conoce con el nombre de *Nenbutsu.*

Nanak, Guru. Maestro Ascendido de la conciliación. Fundador de la religión **Sikh** que es la fusión entre el **Hinduismo** y **el Islam**. En su última encarnación nació en el Punjab en 1469. Obtuvo la iluminación a los 35 años tomando el **Amrita** o elíxir de la inmortalidad.

Naturaleza De La Divinidad. La naturaleza de la Divinidad se divide en siete aspectos mayores: **Amor**, **Vida**, **Verdad**, Inteligencia, **Alma, Espíritu** y Principio.

Cada uno de los mencionados tiene su atributo correspondiente en términos científicos, por ejemplo: El Amor, en la Ciencia, corresponde a la Atracción, Cohesión y Adhesión.

Cada uno de estos atributos tiene color, tono musical, símbolos y número. Por supuesto todo esto es en términos generales porque luego se van complicando las cosas en progresión matemática hasta el infinito; pero todos tenemos que comenzar por algún lado y ésta es una forma muy sencilla.

Como lo saben todos los pintores, hay tres colores primarios: Azul, Amarillo y Rojo. De éstos se desprenden tres secundarios: Verde, Naranja y Morado.

En lenguaje espiritual no se dice ni rojo, ni morado ni naranja. Se les llaman Rosa, Violeta y Rubí con Oro.

Todos los colores juntos dan el blanco que se le dice cuarto color.

El color No.1 es el Azul. Es el color de la Voluntad Divina, de la **Fe**, del Poder de **Dios**, del **Bien**, la **Bondad** y el Equilibrio.

El No. 2 es el color de la Sabiduría y la Iluminación, o sea el Amarillo.

El No. 3 es el Rosa, color del **Amor Divino**, la **Belleza** y la Opulencia.

El No. 4 es el Blanco, color de la **Ascensión**, la Resurrección y la Pureza.

El No. 5 es el Verde. Color de la Verdad, la Curación, la Música y la Concentración.

El No. 6, Rubí y Oro, el número de la **Paz**, la Providencia y la Gracia.

El No. 7, Violeta, color de la **Misericordia**, el **Perdón** y la Transmutación.

Todos estos colores salen en forma de Rayos del Sol Central. Cada Rayo tiene un Director que lo dirige con gran sabiduría.

Los Directores ascienden, se reemplazan, son oficios jerárquicos que desempeñan.

Los Directores actuales son:

- Ascendido Maestro **El Morya**, Rayo Azul.
- Ascendido Maestro **Confucio**, Rayo Amarillo.
- Ascendida Maestra Señora **Rowena**, Rayo Rosa.
- Ascendido Maestro **Serapis Bey**, Rayo Blanco.
- Ascendido Maestro **Hilarión**, Rayo Verde
- Ascendida Maestra Señora **Nada**, Rayo Rubí y Oro.
- Ascendido Maestro **Saint Germain**, Rayo Violeta.

En cada Rayo sirven también un Arcángel y un Elohim. Los **Arcángeles** más conocidos de los terrenos son **Miguel, Rafael y Gabriel** respectivamente de los Rayos Azul, Verde y Blanco.

Cada Rayo tiene legiones de **ángeles** y de huestes de Luz.

Neptuno. Dios director del elemento **agua** para la Tierra, junto con su complemento la Señora Lunara. **Hipóstasis** para la Tierra del Dios **Varuna** que es el Dios Cósmico del elemento agua.

Nirvana. Es el Plano Atmico. El cielo de los Budistas. Conocido como la extinción, por ser el lugar a donde se puede llegar pero sin la **personalidad**.

El deleitoso estado de unión con la suprema entidad, que es el objetivo característico de la práctica hindú, budista y de **yoga**. Cuando se alcanza el nirvana, el ego y el yo desaparecen; la deuda kármica queda dispensada y por tanto, también la necesidad de reencarnar *(véase* **karma y reencarnación).**

Noe. Significa Descanso, calma, quietud, **Paz**, tranquilidad, equilibrio. Noé también simboliza la reacción que sobreviene después de haber gozado y abusado de las cosas materiales. La Ley del Equilibrio trae un receso durante el cual se experimentan malestares corporales. Esto limpia la tierra (el cuerpo). Es el bautismo del **espíritu** y es necesario para establecer el equilibrio. Cuando dice en el capítulo 6 de **Génesis**, Versículo 21 en adelante, que murieron todas las cosas vivientes, significa que todo el error es transmutado. El Arco Iris en el cielo individualmente significa el arreglo ordenado de las

ideas divinas y su perfecta manifestación en la mente y en la raza, es la obediencia al Principio Crístico que resulta del vivir de acuerdo con la Ley Divina.

Nota Tónica. De la corriente de vida individual, es un tono musical que emana de los electrones que comprenden al Ser Divino individual, el cual, si no está tocado por energía discordante dentro del reino físico, constantemente envolvería al individuo en una substancia armoniosa a través de la cual ni la desgracia ni la discordia de cualquier tipo podría penetrar.

Muchas de las melodías de nuestro mundo material incluyen las Notas Tónicas quizás de los individuos que las hicieron brotar, o de los miembros de las Huestes Angélicas quienes inspiraron la música por medio de un canal receptivo.

Es completamente evidente, en consecuencia, que la Gran Omnipresencia Universal, en su amor y misericordia, ha provisto adecuadamente a la humanidad con los dones que mantendrían un **Paraíso** permanente en la Tierra, si el hombre mirara lejos de sí y de la destrucción, lo suficiente para que los Poderes Divinos se afirmasen.

Nous. Palabra griega que significa inteligencia. Es el nombre del **Atomo Maestro** Físico anclado en el ventrículo izquierdo del corazón. Director de toda la función del cuerpo.

Nueva Era. Se denomina así al periodo actual que vive el mundo, desde el año 1952, en donde inició la Era de Acuario, y en la que a diferencia de la anterior (la de Piscis) la humanidad atraviesa por un periodo

de trabajo interno, y de un orden más libre encaminado a la develación de los misterios esotéricos que predominaron durante la Era de Piscis.

La Nueva Era, se caracteriza por una elevación mayor de la conciencia, por un nuevo estado de Ser, y ocurre en todo el planeta por igual.

Nueva Religión Universal. La religión del futuro donde se pondrá en práctica, la síntesis de las más grandes verdades reveladas por todas las auténticas religiones de toda la historia de la humanidad.

Nuevo Pensamiento. Movimiento precursor de las enseñanzas mentalistas de la **Nueva Era** junto con la **Ciencia Cristiana**. Creen firmemente en el poder del pensamiento positivo y el Dios Interior como fuente de Poder, **Amor** y Sabiduría. Fue fundada por PHINEAS QUIMBY en 1834. Ésta dio origen a la Ciencia Cristiana por una curación que le hizo su fundador a Mary Baker Eddy. Su literatura básica la constituyen las obras de Ralph Waldo Trine. Nombre dado también a la **Metafísica** de **Conny Méndez**.

O

Observador Silencioso. Es el Ser de Luz que sostiene el **Concepto Inmaculado** de Perfección y protege a una persona, lugar, ciudad, país, continente o planeta.

Octava. Es la sucesión de 7 sonidos que conforman la escala y que se suceden desde el registro grave hasta el agudo, siempre las mismas notas.

Om. Sonido Creador. Primera Vibración Cósmica sostenedora del Universo Manifiesto. **Mantram** con un significado aproximado a "**Yo Soy**".

Om Mani Padme Hum. Es el **mantram** más grande y poderoso que se pueda hacer. Quiere decir: "**Yo Soy** lo que Yo Soy". "Yo Soy la Joya en el Loto". Su entonación es un llamado directo al **Cristo Interno**. Es el nombre del **Cristo**.

Orión. Elohim del 3er Rayo Rosa, Complemento de la Señora Angélica. su retiro denominado Templo del Amor Cósmico, se encuentra sobre el Monte Robson en Canadá. su llave tonal está en el aria in trutina de *Carmina Burana* de Carl Orff.

Osa Mayor. constelación de 7 dioses soles conocidos como los 7 rishis de la **Osa Mayor**. complementos espirituales de las 7 **Pléyades**. La voz de tenor es una de sus expresiones a través del hombre. Los nombres de sus 7 estrellas son: *Dubhe, Mekar, Phecoa, Megrez, Alioth, Mizar, Alkaid*. los nombres de los siete Rishis son: *Maruchi, Atri, Angiras. Pulastia, Pulaha, Kratu y Vasista*.

Osiris. Dios Sol complemento de la Madre **Isis**, fueron plenamente conocidos en Egipto. Son el primer Sol de Alfa y Omega y sostienen en su aura los siguientes planetas:

- Padre
- Conforta
- Jesu
- Pax
- Viola
- Compasión

P

Palacio del Propósito del Hombre. Complejo palaciego de templos etéricos en la cima del Monte Avila donde se encuentra la Catedral del Fuego Violeta de **Germain**, el templo de **Palas Atenea** y el **Angel Micah**. Su tema es **unidad, verdad** y **libertad**.

Palas Atenea. Diosa de la Verdad, anterior Chohan del 5to Rayo. Su templo etérico se encuentra sobre la Acrópolis de Atenas y ahora tiene un foco de su radiación en el Palacio del Propósito del Hombre. Su Llave Tonal se encuentra en la Obertura y el Venusberg de la Opera *Tannhauser* de **Richard Wagner.**

Pali. Idioma sagrado que se usa en el Budismo, familia de sánscrito.

Paloma, La. Simboliza la paz mental, paz del espíritu, o sea confianza en la Ley Divina. Las palomas son no-resistentes. Cuando nos ponemos no-resistentes, que descansamos en Dios viene seguro la manifestación de lo que pedimos. Por eso el Dr. Emmet Fox dice: Cuando la paloma se pose no sigas trabajando. Queriendo decir que cuando en medio de nuestros tratamientos sentimos esa paz, esa seguridad de que se nos ha oído, es el momen-

to de cesar toda oración y todo trabajo porque es la señal segura de que ya la manifestación está hecha.

Parabrahmán. Reconocido nombre del Absoluto denominado también como *aquello*. La Causa sin Causa. El Todo. Lo inmanifestado.

Paraíso. Es lo mismo que Edén.

Pascua. Son los días sagrados o Semana Santa, en la que se activa la Llama de la Resurrección en los cinco reinos de la naturaleza. Tiempo dedicado a la amada Diosa Amarilis por ser el comienzo de la Primavera. Epoca de regalar el Huevo Pascual, símbolo de la *Vida eterna*.

Paz. Estado de completa quietud y equilibrio de los cuatro vehículos inferiores, en el que debe vivir todo estudiante espiritual para que se pueda manifestar su Presencia **Yo Soy**.

Pelleur. Junto con la Madre Virgo, son los Dioses Directores del elemento Tierra. Vive en el centro de la Tierra.

Pentagrama de Luz y Notas Musicales. El flujo de energía desde el corazón de la Presencia "YO SOY" hasta el interior del corazón físico, es un río de luz prismática de pulsaciones rápidas. Si esta vibración pudiese ser reducida a la vibración de la vista física, se vería que cada electrón que compone esta llama lleva un diseño distinto, absolutamente singular porque difiere de todos los otros patrones.

El pensamiento y el sentimiento del individuo, moldean esta energía dándole formas que llevan este diseño distintivo, enviándola hacia el universo por medio de los pensamientos, los sentimientos, la palabra hablada y la acción. El patrón de la corriente de vida en sí, es neutral, pero el sentimiento liberado a través de ella, determina su radiación. Si el sentimiento es armonioso, bendecirá a toda la humanidad; pero si es inarmonioso, la responsabilidad por toda vida que afecte de modo discordante, será de la persona que la envíe. El individuo debe responder a la vida por los efectos de su energía (buena o mala) sobre el universo.

Pentecostés. Festival en honor al Santo **Aeolus**, que se celebra 50 días después de la Pascua de Resurrección.

Perdón. *El perdón es el mayor acto de magia que puede hacer el hombre.* Es el poder interno que transmuta el efecto de una causa que otra persona generó. Es cambiar a su polo opuesto y positivo, lo negativo que pueda llegar de una ofensa; y al transmutar el efecto, por resonancia, reacción y respuesta, se está modificando también la causa.

Perdón, Ley del. El **Fuego Sagrado** es la Vida o Energía Divina atraída y cargada con una cualidad divina en especial y Grandes Seres, de este modo, han creado enormes depósitos de esta energía vital dedicada, de los cuales el hombre puede atraer y cargar su propio ser y mundo para beneficio de la raza. La energía divina que pasa a través del Cordón plateado y penetra dentro del corazón individual, es parte de la actividad del Fuego Sagrado, y el hombre es responsable de esta energía por el uso que le dé, ante la Gran Omnipresencia Universal. Cuando se califica de modo constructivo, regresa al depósito de Energía (el cuerpo causal), para uso futuro según se requiera. Cuando ha sido calificada de modo discordante, se convierte en parte de la creación humana o estrato psíquico que eventualmente deberá ser transmutado en el Fuego Sagrado. Además de ser un agente calificador de esta substancia pura, el hombre también puede invocar de los Seres Divinos, cualquier cualidad divina de estas fuentes ya establecidas de energía constructiva. Hay muchas Llamas y Rayos que son parte integral del Fuego Sagrado, pero por ahora no se puede hablar de todos.

Personalidad. El conjunto de los cuatro vehículos inferiores: físico, etérico, astral y mental inferior.

El ser inferior representa a la **personalidad,** el **yo inferior** o el cuaternario inferior que está compuesto por el **cuerpo físico, etérico, astral** y **mental** inferior. Estos cuatro vehículos inferiores en equilibrio son representados por un cuadrado que forma la Cruz de Malta, además de ser ésta el patrón electrónico del Maestro Saint Germain y de la Era del Rayo Violeta. En el centro de la Cruz se encuentra un corazón con la Llama Tripartita, que es el reflejo del **Cristo** viviendo en el corazón de cada ser humano, reflejando a través de la triple Llama, los tres aspectos de **Dios** que son esencia del "**Yo Soy**" y del Cristo. El Rayo de Luz que une al ser inferior con el Cristo y la Presencia Yo Soy es el Triple **Cordón Plateado** a través del cual la vida de la personalidad, el Cristo y el "Yo Soy" se **comunican** durante los **períodos de encarnación. El** tubo de color violeta que rodea el cuerpo inferior es el Pilar de Fuego Violeta que debe rodear a todo estudiante en el Sendero de Ascensión para la protección y purificación de su naturaleza inferior. El Pilar de Luz Blanca que sobresale al violeta es la Llama de la Ascensión, que otorga la Victoria final del círculo de la vida y que es la unificación del ser inferior con el Cristo Interno y finalmente con la Presencia Yo Soy; hecho lumínico que se conoce en los planos internos como la Ascensión, para la Tierra como Cósmica.

Perú. País sagrado de Sudamérica donde se encuentra el foco Femenino de la Tierra. Su nombre quiere decir en sánscrito **Fuego**.

Piedra Filosofal. En la teoría de la **alquimia**, la piedra filosofal era la sustancia originaria de la que derivan todos los metales, y por tanto servía para la transmutación del plomo u otros metales en oro.

Muchos alquimistas dedicaron toda la vida a la consecución de un espécimen físico y literal de dicha sustancia, pero al evidenciarse esto excesivamente difícil, surgió la teoría de que se trataba de una esencia inmaterial, tal vez incluso espiritual, y reconocible sólo por los iniciados.

Es posible que la alquimia árabe, que fue una escuela avanzada de este arte, descubriese en efecto la piedra inmaterial en forma de electricidad, como lo sugirió en junio de 1936, el hallazgo en Irak de unos artefactos de barro cocido, cobre y betún luego identificados como pilas voltáicas, y que databan de la época de los partos (248 a. de C. a 226 d. de C.).

En Estados Unidos se experimentó con una reconstrucción de estas pilas y se demostró que cada una de ellas podía generar una corriente de 0,5 voltios durante 18 días. Para obtener tensiones más altas habría bastado una batería de estas pilas, conectadas en serie. Y con estos medios pueden conseguirse recubrimientos galvánicos, lo cual explicaría los antiguos relatos de cómo un alquimista convirtió una pieza de metal vulgar, en su contrapartida de oro o plata.

Piedras Preciosas. Son los más evolucionados exponentes del reino mineral. El punto más denso de la evolución conocido como el primer reino. Existe una piedra para cada uno de los Rayos. Según Leadbeater son:

1er Rayo Diamante
2do Rayo Zafiro
3er Rayo Esmeralda
4to Rayo Jaspe
5to Rayo Topacio
6to Rayo Rubí
7mo Rayo Amatista

Pilares de La Enseñanza. Son cuatro los pilares de la enseñanza que una persona debe tener para vivir, como debe vivir cualquier ser humano, en armonía con sus semejantes, con su pensamiento y con lo que va un poco más allá de lo que se toca y palpa y que en este momento le podemos decir el plano espiritual.

El primer Pilar es la **Ley del Mentalismo**, la mente.

El segundo Pilar: El **Cristo** cuando vamos a abordar el conocimiento del Cristo. Este conocimiento viene a ser el Segundo Pilar o base para que una persona viva en armonía con todo lo que le rodea, incluyendo el plano espiritual.

El tercer Pilar. El fuego Violeta. **La Llama Violeta** es una actividad que los Maestros han enviado a la Tierra para ayudar a la humanidad, aliviar todas sus dificultades.

El cuarto Pilar. La sabiduría sobre los Maestros Ascendidos y la **Jerarquía Espiritual**.

A través de todos los siglos, han venido a la Tierra, y encarnado seres de la Jerarquía Espiritual, trayendo las verdades que ella sostiene.

Esta Jerarquía Espiritual no trabaja desordenadamente. Su trabajo es ordenado. En un principio su cabeza era **Sanat Kumara**, pero en vista de que la Tierra llegó a altos grados de evolución, hubo un hombre que logró una estatura espiritual digna para ser la cabeza de la Jerarquía y Sanat Kumara regresó a **Venus** entregándole el mando a **Gautama Buda.**

Este ser es actualmente la cabeza de la Jerarquía Espiritual y por debajo de Él trabajan siete Maestros dirigiendo los 7 aspectos a través de los cuales Dios se manifiesta en la Tierra, en 7 Rayos o Llamas.

El Primer Rayo de la divinidad es el Rayo Azul, el rayo de la Voluntad de Dios. Fue dirigido para la Tierra por el Maestro **El Morya**. Conocido en varias encarnaciones como el Rey Melchor, el que fue a visitar a Jesús en el momento de su nacimiento, Sir Thomas More, inglés que fue condenado por Enrique VIII y también fue **Akbar.** Actualmente lo dirige El Poderoso Sirio.

El Segundo Rayo. Es el Rayo del Amor-Sabiduría, el Rayo Dorado. Estuvo bajo la dirección del Maestro **Koot Hoomi** y el Maestro Lanto, luego de **Confucio** y actualmente de su amado complemento La Señora Soo Shee.

El Tercer Rayo. Es el Rayo Rosa del Amor Divino y está dirigido por la Maestra **Lady Rowena**. Se le conoce a través de la novela *Ivanhoe.*

El Cuarto Rayo. Es el Rayo Cristal o Blanco de la pureza, el arte y la ascensión. Lo dirige el Maestro **Serapis Bey**.

El Quinto Rayo. Es el Rayo Verde, de la Salud, de la curación y de la verdad. Está dirigido por el Maestro **Hilarión**, quien fue conocido en una encarnación como San Pablo.

El Sexto Rayo. Es el Rayo Oro-Rubí y fue dirigido por **Lady Nada**. Es el Rayo de la opulencia, de la paz. Actualmente lo dirige Juan El Amado.

El Séptimo Rayo. Es el Rayo Violeta, de la Transmutación, el Perdón y la Misericordia. Uno de los Maestros más conocidos que trabaja en la dirección de este Rayo es el Ascendido Maestro **Saint Germain**.

Pino. Arbol y olor sagrado. Gran purificador ambiental y proporcionador de **Prana**. Aroma del 5to Rayo Verde.

Pitris Solares. Fueron los Padres Dioses Cósmicos que dieron en el ser humano el origen a su Presencia Y**o Soy** y por consecuencia a la autoconciencia.

Plan Divino. Es el diseño luz de perfección. Las actividades a realizar por un ser encarnado o que va a encarnar. El Plan Divino de magno alcance es unificarnos a la fuente de la cual hemos emanado: *El Corazón De Dios.*

Plan Divino Para Todos El. El Plan Divino para el hombre es que se convierta en Maestro de la Energía y de la Sustancia en cualquier punto del Universo. Para poder hacer esto, él tiene que comprender que toda la energía utilizada en el pensamiento, sentimiento, palabra hablada y acción, tiene que mantenerse en el estado puro tal cual como es enviada desde el Corazón de la Gran Omnipresencia Universal. El hombre es un Dios en embrión, y el plan original era que el hombre adquiriera su perfección y se conviertiese en Maestro en el ciclo de 14,000 años.

Desde la caída del hombre, este período se ha extendido considerablemente y aunque muchos han adquirido esa perfección al ascender, quedan aún miles y hasta que éstos indiquen su disposición a deponer sus propias impurezas y colocarse en el sendero, la evolución de la Tierra está siendo seriamente demorada. En este sentido, debe reconocerse que nada en el cosmos es estático. Los planetas y aún los soles en sí, tienen que evolucionar en un plan hacia la poderosa meta de la perfección. Hoy la Tierra se mueve rápidamente hacia uno de esos períodos de iniciación cósmica y los que no convengan en purificarse lo suficiente para poder tomar parte en ese gran momento, se encontrarán en la misma situación de las almas atrasadas hace muchos siglos. Por supuesto, podemos suponer que esas mismas almas son las que hoy rehusan purificarse, pero lo más lamentable es que están influenciando a muchos otros que podrían alcanzar grandes alturas si permitiesen afirmar sus propios conceptos por su **libre albedrío** Divino.

Planetas Sagrados. El Maestro Tibetano dice: Un planeta es considerado sagrado cuando la vida espiritual que lo anima ha recibido cinco Iniciaciones Cósmicas Mayores. Son siete y cada uno tiene un Rayo:

VULCANO	1er Rayo
MERCURIO	4to Rayo
VENUS	5to Rayo
JUPITER	2do Rayo
SATURNO	3er Rayo
NEPTUNO	6to Rayo
URANO	7mo Rayo

Planetas No Sagrados. Son aquellos que no han calificado para recibir la Ascensión Cósmica y son:

MARTE	6to Rayo
TIERRA	3er Rayo
PLUTON	1er Rayo
LUNA	4to Rayo
SOL	2do Rayo

Plano Astral. El místico del siglo XVIII Emmanuel Swedenborg escribió este relato de lo que creía era un descenso a los infiernos:

"Escuché en cierta ocasión unos fuertes gritos que sonaban como si reverberaran en el agua procedentes de regiones inferiores, y desde la izquierda llegó el grito «¡Oh, qué justo!», de la derecha «¡Oh, qué instruido!», y desde abajo «¡Oh, qué sabio!».

"Mientras me preguntaba si podían existir personas justas, instruidas o sabias en el infierno, experimenté un intenso deseo de ver la verdad del asunto. Entonces una voz del cielo me dijo: .

"De modo que partí en espíritu y vi ante mí una abertura a la que me acerqué y examiné; y ¡mirad! había una escalera, y por ella descendí.

"Cuando llegué abajo, vi una llanura cubierta de arbustos entremezclados con zarzales y ortigas. Inquirí si aquello era el infierno, y me respondieron que era la tierra inferior, que está inmediatamente encima del infierno".

En tiempos más recientes, el controvertido antropólogo Carlos Castaneda publicó detalles referentes a una extensa serie de viajes a través de lo que denominó: . William Blake, el poeta visitó esferas celestiales. C. G. Jung, el psicólogo, se encontró transportado a una región fantasmagórica del espacio exterior. Todo **chamán** competente ha viajado a "mundos espirituales" de los que ha obtenido poder. En la Irlanda rural, aún resulta posible recoger testimonios de segunda mano -y en ocasiones de primera mano- de visitas a un submundo de hadas.

Muchos -de hecho la mayoría- de los psicólogos modernos creen que los relatos de visitas a dimensiones extrañas y desconocidas son, en realidad, visiones subjetivas, sueños conscientes, condicionados por las preocupaciones personales y el medio cultural del individuo. Algunos videntes podían estar de acuerdo con esta perspectiva. Blake admitía que sus propias visiones emanaban de su imaginación. Acudían, según dijo, golpeando su frente.

Pero los ocultistas de la **Nueva Era** insisten en otra explicación. Creen en la existencia de una dimensión alternativa de la realidad que se conoce como el plano astral o a veces, en las fuentes más antiguas, como luz astral. Según la teoría ocultista, el plano astral es un entorno tan plástico que los pensamientos de un individuo se impresionan de hecho en él, de modo que si, al igual que Swedenborg, nos imaginamos en el infierno, los entornos astrales externos adoptarán de inmediato el aspecto de infierno. De forma semejante, los pensamientos en un bosque crearán un bosque, y los pensamientos en un desierto darán origen a un yermo desolado.

Puesto que se considera que el plano astral recubre el mundo físico, determinados aspectos de la realidad física se reflejan también en el plano astral, ya que son formas de pensamiento hechas permanentes mediante la intensa concentración y/o repetición, como ocurre, por ejemplo, en el ritual religioso.

Hay por lo menos alguna evidencia científica empírica de que los ocultistas podrían tener razón respecto a la existencia objetiva de un plano astral. El antropólogo Michael Harner, durante su estancia en la *School for Social Research* de Nueva York, ingirió una bebida sagrada elaborada a partir del vino ayahuasca mientras trabajaba con la tribu amazónica peruana de los coniba. El ayahuasca es un vino con sabor a madera que contiene una serie de alcaloides con propiedades alucinógenas, una de las cuales ha sido llamada porque parece convertir a las personas circundantes en cristal, de manera que resulta posible ver a través de su cuerpo y leer su mente. Pero Harner experimentó algo bastante diferente. Tuvo visiones de barcas de almas, demonios con aspecto de cocodrilo y humanos con cabeza de pájaro.

Si bien, la experiencia fue vívida y perturbadora, Harner no dudó que era subjetiva. Concluyó que la acción de la droga había desenterrado estratos de su propio inconsciente y había liberado una serie de asociaciones vinculadas a su propio entorno y cultura.

Fue una suposición inexacta. Porque, algún tiempo después, Harner conoció a un chamán amazónico viejo y ciego que le dijo exactamente lo que había visto... desde la propia experiencia del chamán. Ambos habían visitado el mismo territorio imaginario, un claro indicio de su naturaleza objetiva.

El explosivo auge de los juegos de roles imaginarios desde mediados de la década de 1970 ha aumentado de forma espectacular la incidencia de la "visión ccompartida" entre individuos con un limitado conocimiento de, o interés real por el ocultismo, lo cual sugiere que la experiencia del plano astral puede estar más extendida de lo que podría creerse en general.

Plano Psíquico. El estudiante debe comprender que lo que se llama el plano psíquico no tiene que ver en nada con la espiritualidad. Es únicamente una facultad humana que puede ser puesta en juego por aquellos seres humanos que le presten suficiente atención. Pero es de advertir que aquél que desee entrar al plano psíquico solo, consciente o inconscientemente, es mejor que no hubiera venido a esta encarnación; más bien puede que necesite varias encarnaciones para liberarse.

Planos De Manifestación. Son estados de organización de la materia por vibración. Existen 49 planos agrupados de siete en siete, de los cuales los siete inferiores de arriba abajo son:

- ADICO
- MONADICO
- ATMICO
- BUDICO
- MENTAL
- ASTRAL
- FISICO

Pléyades. Madres Divinas de nuestros sistema dentro del Universo de Alfa y Omega. Complementos Divinos de los Siete Rishis de la Osa Mayor. Sus nombres son:

- AMBA
- DULA
- NITATUI
- ABRAYANTI
- MAGHAYANTI
- VARCHAYANTI
- CHAPUNIKA

Poder De La Llama Azul. La Llama Azul es una actividad protectora y purificadora del **Fuego Sagrado** la cual puede ser invocada por el estudiante de diferentes modos. La forma más usada es el Muro de Llama Azul, que puede ser invocado para envolver cualquier condición, persona o cosa que requiera Protección Divina, tal como la personalidad, el hogar, el automóvil o la comunidad. El Muro de Llama Azul es especialmente efectivo cuando se maneja o se viaja en concentraciones pesadas de tráfico o de gente. No obstante, a mayor impulso (*momentum*) al usarlo, mayor se hace su efectividad. El estudiante puede también utilizar eficientemente la Espada de Llama Azul una vez que haya comprendido su eficacia y sus distintos usos.

Polaris. Entidad Cósmica que junto con su complemento *Magnus* sostiene y endereza el eje de toda columna vertebral humana.

Portia. Diosa de la Justicia. Reconocida entidad del Fuego Violeta. Complemento Divino del Maestro **Saint Germain**. Sostiene su retiro etérico sobre la Haya en Holanda.

Pralaya. Período de no manifestación. Noche Cósmica.

Prana. Es el principio vital. La Energía Cósmica presente en todo el Universo manifiesto y que según sus diferentes funciones recibe los siguientes nombres:

- PRANA
- APANA
- SAMANA
- UDANA
- VYANA

En **yoga** hindú, la energía universal que se asocia con el aliento; el organismo humano la absorbe y la utiliza para mantenerse sano y en forma.

El prana, generado por el sol, existe naturalmente en la atmósfera y más allá y el cuerpo lo absorbe mediante una serie de centros sutiles llamados **chakras.** Las asanas de Hatha **yoga** logran orientar el caudal de la energía *plánica* para promover la salud.

El concepto de prana parece virtualmente sinónimo del chino **ch'i.**

Pranayama. Práctica del Santo Aliento o Ciencia Divina de la Respiración.

Presencia "Yo Soy". La presencia YO SOY (o cuerpo electrónico), es un ser viviente individualizado con quien podemos hablar y quien oye cada llamado u oración. Sólo conoce la perfección de la gran Omnipresencia Universal y continuamente la irradia hacia el mundo de la formas. La presencia YO SOY, es una con el gran Yo Soy; los rayos de energía que fluyen dentro del cuerpo físico desde el cuerpo electrónico son idénticos a los rayos que fluyen desde el sol para convertirse en luz, energía y vida para toda cosa en el planeta, y si la conciencia intelectual mantuviera su atención enfocada en su fuente, la presencia YO SOY, la perfección siempre se manifestaría en el mundo del individuo.

Principa. Primer hijo del Cielo, el Orden Divino personificado. Su Llave Tonal se encuentra en el *Adagio* de Albinoni.

Principio De Correspondencia. La primera frase de la **Biblia** dice: "En el principio creó **Dios** los cielos y la tierra. La tierra empero estaba sin forma y vacía...".

Principio De Generación. El lema de este Principio es "Todo tiene su principio Masculino y Femenino". Como todos los otros anteriores, este Principio está siempre en acción. Nada puede existir sin el Principio de Generación, o sea, sin su padre y su madre. Todo, absolutamente todo, tiene padre y madre, o su base femenina y su base masculina. No es, como comúnmente se cree, que la base sea el sexo. Esta palabra "sexo" no se aplica sino a las diferencias físicas que existen entre el macho y la hembra, en una pequeñísima tajada, o sector, del plano físico. Piénsenlo y recuérdenlo: *Sexo es la diferencia que existe exteriormente entre el macho y la hembra en el gran plano fisico*. O sea, que el sexo NO ES Principio de Generación. Es simplemente la presencia del Masculino y el Femenino en toda creación

En ese sector del Plano Físico, el Principio se reconoce, se manifiesta o se deja ver, por la diferencia de los sexos. En los planos más elevados, el Principio toma formas elevadas, pero cada ser contiene en sí mismo los dos elementos del Principio.

Principio de Mentalismo,El. Primer Principio de **Hermes**, o sea el más importante de todos Los Principios de la Creación (Véase **MENTALISMO**).

Principio de Polaridad. LEMA: "Todo es dual. Todo tiene dos polos, todo su par de opuestos, los semejantes y los antagónicos son lo mismo. Los opuestos son idénticos en su naturaleza pero diferentes en grado. Los extremos se tocan. Todas las paradojas pueden reconciliarse"

Este Cuarto Gran Principio hermético encierra la verdad de que todas las cosas manifestadas tienen dos aspectos, dos polos, que son un par de opuestos con innumerables grados entre ambos extremos. Aquellas antiguas y eternas paradojas que han confundido las mentes como: "Todo es y no es, al mismo tiempo". "La tesis y la antítesis son idénticas en naturaleza", y "Los extremos se tocan", quedan explicadas si se medita este Principio.

La Ley de Polaridad explica que lo que existe entre cosas diametralmente opuestas es solamente cuestión de grados, y afirma que todo par de opuestos puede reconciliarse mediante la aplicación de esta Ley.

Principio De Vibración. Este es el Tercer Principio hermético. Su lema es: "Todo está en movimiento, todo vibra".

Empecemos por pensar en la hélice de un avión. Cuando está inmóvil vemos las astas; dos remos de madera fijos a un eje. De pronto se ponen en movimiento, van acelerando y poco después no vemos nada. Esto es lo que ocurre con la alta frecuencia. Por esto mismo es que no vemos a los espíritus desencarnados. Ellos viven aquí en medio de nosotros pero en una frecuencia de vibración indiferente a la de nuestros cuerpos de carne y hueso. En cambio la inmovilidad de una roca, que también se mueve en su propia frecuencia de vibración, es porque su rata vibratoria es excesivamente lenta.

El pensamiento positivo vibra a una frecuencia altísima. Sus colores son brillantes, claros, luminosos. El pensamiento negativo vibra lentamente y sus colores son opacos. Cuanto más negativos,tanto más sombríos y tanto más bajo el "tono" de su sonido.

El pensamiento positivo, como la mente que está polarizada en plano positivo, no puede ser dominado por una vibración baja, a menos que haya algún concepto o idea negativa "agarrada" por alguna parte en el individuo. O a menos que el individuo permita que su pensamiento se vuelva negativo. Jesús dijo: "El dios de este mundo viene a mí y no encuentra nada en mí para asirse". El dios de este mundo es el polo negativo que es lo que impera en la mayoría de las mentes.

El polo positivo, ya lo hemos establecido, es de alta vibración. El polo negativo, de baja vibración. Los sonidos bajos son de vibración lenta. Los sonidos altos, de alta vibración. Los colores oscuros son de bajas frecuencias. Y los colores brillantes de alta frecuencia.

Todo lo que es materia está siempre en movimiento circular. Girando en contorno a algo más grande como los planetas que giran alrededor del sol. Este es el patrón universal para todo lo material.

Los herméticos han enseñado siempre el movimiento vibratorio de la luz, el calor, el magnetismo, la cohesión que es el principio de la atracción molecular que llamamos comúnmente "Amor", lo mismo que ese gran misterio llamado "la gravitación" o "gravedad".

Hoy todo el mundo conoce la relación entre el movimiento y el sonido, aunque aún no se ha estudiado en nuestro plano terreno, o sea que aún nadie lo considera de gran importancia. ¿Quién no ha percibido el zumbido de un abanico eléctronico girando a máxima velocidad? La rotación va produciendo diferentes sonidos musicales. Un avión que pasa emite un sonido musical del cual se desprenden varios otros tonos. Estos se llaman "armónicos" como es sabido por los músicos.

Cuando se golpea una nota musical cualquiera, digamos en un piano, repercuten otras dos notas en octavas más altas. Los tonos que suenan son una tercera y una quinta nota del tono golpeado. Esta combinación armónica se llama "el acorde Mayor", por lo general.

Proyección Astral. Aunque ampliamente usado en la Nueva Era, el término *proyección astral* significa en realidad cosas distintas para personas distintas.

Para algunos sugiere la salida del cuerpo físico para actuar como los fantasmas, atravesando paredes y puertas mientras se es generalmente invisible, para aquellos que residen aún en su cuerpo físico. Para otros, es la proyección de la conciencia hacia otro mundo diferente, el famoso **plano astral.**

Si bien llevan la misma etiqueta y se confunden con frecuencia en la literatura ocultista, estas dos experiencias son bastante distintas. La *protección astral* durante la cual un individuo actúa como un fantasma, recibe el nombre más adecuado de *proyección etérea* .

Por el contrario, la verdadera proyección astral, se aproxima más a la experiencia visualizadora, y muchos ocultistas creen que la experimenta todo el mundo, por la noche, durante los sueños. Se ha desarrollado una serie de técnicas para estimular la proyección consciente del **cuerpo astral,** incluido el uso de un **cuerpo de luz** especialmente creado que puede emplearse también para simular la *proyección etérea.*

Los estados de trance, incluida la **hipnosis**, constituyen una ayuda considerable a la proyección astral, pero uno de los procedimientos más populares implica el uso de las llamadas puertas astrales.

Psicosinergia. Psicosinergia es sinergia de **Alma** y se manifiesta en una actitud frente a la vida. Esta actitud frente a la vida implica la organización y el alimento de todas las energías de un individuo en cuanto a su **espíritu**, su conciencia de ser, su participación en los planos mentales, emocionales, sociales, de acción ambiental, a modo de crear un resultado que esté alineado con el propósito de su vida y orientado a una mayor contribución con los demás.

El propósito de la Psicosinergia es transformar la habilidad de experimentar la vida, de modo que las situaciones que tratamos de cambiar sean positivas o negativas, se aclaren en el proceso de la vida misma; al suceder esto, el sujeto entra en un compromiso con el proceso de vivir, es decir, con la propia existencia y adquiere maestría sobre las circunstancias.

En la medida en que vamos completando y siendo maestros en distintos niveles de acción, conocemos más y más de nuestro potencial, convirtiéndonos en una contribución al ambiente.

La **vida**, así integrada plenamente, no reducida a la identidad mundana, sino que ampliada y conteniendo la problemática individual, adquiere poder para actuar sobre ella, responsabilizándose de los resultados, logrando que la energía utilizable por esa persona se incremente en el porcentaje de su compromiso al propósito de su propio quehacer.

El excedente de esta energía la hemos visto utilizada para contribuir al núcleo en que se encuentra, digamos núcleo familiar, social o de trabajo o a la comunidad en general, de acuerdo con el potencial creativo y a la entrega que ese sujeto pueda darle a su ambiente.

Ptah. Dios Cósmico de los Creadores, Supremo Señor de la Sabiduría y las Bellas Artes. Deidad Solar y de carácter ígneo. Ampliamente reconocido por los Egipcios y que será reconocido nuevamente en la Edad Dorada. Su Llave Tonal se encuentra en el himno a *PTHA* de la Opera *Aída* de Verdi.

Puente de Luz. Puente que comunica la octava humana con la Octava Luz de los Amados Maestros Ascendidos, Dioses y **Madres Divinas**.

Puerto Rico. Isla sagrada dentro de la Triangulación Violeta del Caribe. Anclaje de la fusión entre Norte y Sudamérica: el inglés y el castellano.

R

Rafael Arcangel. Médico del Cielo. Arcángel del 5to Rayo Verde de la curación. Complemento espiritual de la Amada Regina, ser que actuó a través de la Madre María.

Le corresponde también consagrar a todos aquellos que se ocupan de servir a **Dios** y a la Humanidad en el mundo físico. Sus **Angeles** proyectan Rayos de Luz que conectan con las energías de aquellos que poseen una verdadera vocación para algo en la vida. Ellos derraman sus sentimientos de Fe, Amor, Constancia e Inspiración.

Rayo del Catatumbo. Manifestación visible y tangible del templo del Señor Luzar, sobre la zona del Lago de Maracaibo en Venezuela. Rayo de presencia rítmica y constante, tanto diurna como nocturna.

Rayos, Directores De Los. Cada uno de los Siete Rayos está representado por un Ser Ascendido, quien asume la responsabilidad de enseñar y guiar a la humanidad no ascendida de la Tierra que pertenezca a su Rayo o Esfera en especial. Los Siete Directores están bajo la juridisdicción del Gran Director o **Maha Chohan**. Aparte de sus funciones como cabeza del grupo de Directores, el

Maha Chohan es el representante del **Espíritu Santo** en la Tierra, o sea, la Maternidad o Naturaleza Sentimental de Dios. Es por medio de esta actividad que se canaliza casi toda la energía del Reino de la naturaleza, a través de las distintas estaciones del año. Para el principiante, cuyo único conocimiento del Cielo consiste en **Dios** el Padre, Dios el Hijo (Jesús) y Dios el Espíritu Santo, se requiere una expansión de su conciencia para comprender el conocimiento y verdad de estos Hermanos Mayores de la humanidad, quienes están siempre dispuestos a ayudarnos de cualquier modo a alcanzar nuestra Meta de Perfección, así como ellos ya lo hicieron.
Como cada una de las Esferas o Rayos está representado por su propio color; ahora los asociaremos con los nombres de los Directores, pero debe recordarse que los mismos colores conciernen a todas las actividades ya mencionadas y relaciones con las Siete Esferas:

- PRIMER RAYO: Azul: Ascendido Maestro **El Morya.**
- SEGUNDO RAYO: Amarillo: Ascendido Maestro Lanto.
- TERCER RAYO: Rosado: Ascendida Maestra **Lady Rowena.**
- CUARTO RAYO: Blanco: Ascendido Maestro **Serapis Bey.**
- QUINTO RAYO: Verde: Ascendido Maestro **Hilarión**.

- SEXTO RAYO: Oro y Rubí: Ascendida Maestra **Lady Nada**.
- SEPTIMO RAYO: Violeta: Ascendido Maestro **Saint Germain**.
- MAHA CHOHAN: Pablo, el Veneciano.

Razas. Grupos evolutivos a través de los cuales los seres humanos van evolucionando.

Razas Raíces y Los Manús, las. La evolución del hombre se logra a través de las siete razas raíces con sus siete subrazas. Fue la intención original que cada raza raíz completara su círculo en un Ciclo Cósmico de 14.000 años; cada subraza haciendo predominar su propio rayo en cada ciclo de 2.000 años. Las tres primeras razas raíces completaron su evolución en el período dispuesto de 14.000 años cada una. La primera raza raíz fue conocida como la Raza de los Dioses, y se desenvolvió donde actualmente está situado el Polo Norte. La segunda raza raíz se desenvolvió en un continente llamado Hiperbóreo, el cual incluía la parte norte de Asia y por el oeste se extendía hasta Suecia, Noruega, parte de las Islas Británicas y Groenlandia. La tercera raza raíz se desenvolvió en el Continente de Lemuria. Los nombres de los Manús de estas razas no se conocen, ya que estas evoluciones fueron completadas a tiempo y regresaron al Sol. No obstante, la Cuarta Raza Raíz, se desenvolvió en el Continente de Atlanta bajo su Manú, el señor Himalaya. Fue durante los primeros años de este período que ocurrió la caída del hombre como consecuencia de haber permitido que las almas rezagadas de otras estrellas encarnaran en la Tierra. Esta raza tiene siglos de atraso en su evolución y por lo tanto un gran número de estas almas aún están en la Tierra. La actual superpoblación del planeta se debe exclusivamente al hecho de que aún habiendo muchos de la cuarta raza evolucionando aquí, la quinta raza raíz ha entrado a evolucionar. Esta raza comprende la raza blanca y su principal misión es desarrollar el intelecto del hombre. También han encarnado en la Tierra algunos de la sexta raza. Aunque la raza nace en cualquier parte del planeta, va siendo atraída a un centro natural, el centro de su desarrollo es en el Continente Norteamericano. Miembros de la séptima raza comienzan a entrar en escena, pero la cumbre de su evolución estará centrada en el Continente Sudamericano. Los Manús de estas razas son los siguientes:

- Quinta Raza Raíz: Manú *Vaisvata*.
- Sexta Raza Raíz: Señor *Merú*
- Séptima Raza Raíz: Señor *Saithr'u,* anteriormente conocido como el Gran Director Divino.

Cada Raza Raíz tiene 7 sub-razas; Cada subraza tiene 7 razas ramales. Los nombres de las 5 primeras Razas Raíces son:

1ra Raza Raíz - Solar
2da Raza Raíz - Hiperbórea
3ra Raza Raíz - Lemuriana
4ta Raza Raíz - Atlántica

-Sub-raza-
1. Ramoahal

2. Tlavatli
3. Tolteca
4. Turania
5. Semítica
6. Akkadiana
7. Mongólica

5ta Raza Raíz - Aria

- Sub-raza-
1. Aria
2. Aria Semítica
3. Irania
4. Céltica
5. Teutónica.

Reencarnación. Proceso a través del cual el ser humano va obteniendo un cuerpo tras otro hasta adquirir su liberación absoluta a través de la Ascensión.

Cuando Winston Churchill amenazaba con presentar una demanda "a quien resulte responsable", en la eventualidad de verse reencarnado como un *culí* chino, aludía al proceso que todas las religiones principales del Oriente admiten como una verdad incontrovertible, y que ahora está siendo seriamente investigado en Occidente, así por los ocultistas como por algunos de los científicos más imaginativos.

Como creencia religiosa, la doctrina de la reencarnación se vincula íntimamente con la noción de **karma**, es decir con el concepto de equilibrio cósmico del que se hace eco el cristianismo diciendo que *lo que el hombre siembra, es lo que recoge.*

A la opinión pública de la **Nueva Era**, sin embargo, le cautivan más las pruebas científicas de la reencarnación que las doctrinas religiosas. A fin de obtener esas pruebas, investigadores como el profesor Ian Stevenson han estudiado casos como el de Bishen Chand y el de Shanti Devi.

Bishen Chand, hijo del funcionario de ferrocarriles Ram Ghulam Kapoor, a la edad de cinco años asombró a su padre cuando sugirió que éste debía tomar una querida y acto seguido argumentó detalladamente el porqué, pese a no habérsele explicado todavía los misterios de la vida.

Bishen vivía en la población india de Bareilly, en la región de Uttar Pradesh. Su conocimiento precoz de la sexualidad humana provenía de una erupción de *recuerdos* que, asombrosamente, derivaban a su vez de la experiencia de un célebre y acaudalado libertino llamado Laximi Narain, fallecido en 1918 a la edad de 32 años, quien en vida había sentido una gran pasión por una prostituta llamada Padma.

Pero la historia no acabó con la extravagante evocación de estos recuerdos por parte del niño Bishen. Dieciocho años después de este incidente, la prostituta Padma se presentó en el despacho de Tenakpore donde aquél trabajaba, y Bishen sufrió una emoción tan intensa que se desmayó allí mismo. Aquella noche fue a casa de ella con una botella de vino y decidido a reanudar la antigua relación tal como había quedado interrumpida. Pero Padma no quiso saber nada de eso, y manifestó que aun cuando él fuese realmente el difunto Laximi reencarnado, ahora ella tenía edad para ser su madre, y lo envió a casa.

Esta experiencia de tropezarse con alguien a quien se ha conocido en una vida pasada ha sido compartida por muchos de quienes súbitamente han empezado a recordar hechos de una existencia anterior a su propio nacimiento. Uno de los casos más célebres e investigados fue el de Shanti Devi, que se resume como sigue:

En 1929 una niña de tres años, hija de un matrimonio de clase media y residente en Delhi, empezó a hablar de un marido y unos hijos que decía tener. Al principio los padres de Shanti Devi no le hicieron caso; al fin y al cabo, es frecuente que los niños inventen familias imaginarias, y aunque las fantasías de Shanti fuesen un poco demasiado adultas, creyeron que no había razón para preocuparse.

Pero el problema no desapareció. Cuatro años más tarde, Shanti seguía insistiendo en que ella tenía un marido... y además precisaba que su nombre era Kedarnath y que le había dado tres hijos, a los que nombró también y describió con exactitud, asegurando que había vivido con su familia en una población llamada Muttra, donde había fallecido en 1925 mientras daba a luz un cuarto hijo.

Muttra existía realmente; era un pueblo no muy alejado de Delhi. Pero como esa pretensión de haber muerto durante un parto les pareció un tanto morbosa, los padres de Shanti la llevaron al médico. Una vez allí los consternados progenitores tuvieron que escuchar que las *fantasías* de la niña contenían detalles clínicos que una criatura de siete años no podía conocer de ninguna manera, y que por otra parte no hallaba en ella ningún síntoma de enfermedad.

Para Shanti estos recuerdos no constituían ningún problema: ella estaba convencida de haber vivido antes otra vida bajo el nombre de Ludgi, y los detalles que iba contando a sus padres eran, sencillamente, lo que lograba recordar de esa existencia anterior.

Cierto día se presentó en casa de Shanti un hombre con quien su padre tenía algunos negocios. Shanti le abrió la puerta y lo reconoció al instante como uno de los primos de su anterior esposo. Lo más increíble fue que esta persona vivía efectivamente en Muttra y tenía un primo llamado Kedarnath. Y lo más grave, que el tal Kedarnath había tenido una esposa llamada Ludgi, que murió de parto.

Así las cosas, el gobierno indio creó una comisión investigadora y se presentaron por allí los especialistas, decididos a averiguar si aquellas experiencias eran auténticas. Shanti visitó Muttra por primera vez en su vida. Para sorpresa general, conocía la población tan al dedillo, que con los ojos vendados supo guiar por ella a los investigadores. Cuando le quitaron la venda no tuvo ninguna dificultad en hallar su antigua vivienda; una vez en ella reconoció y nombró correctamente al padre de Kedarnath, a su madre y a su hermano. Entonces llamaron a los hijos que había tenido Kedarnath con su difunta esposa Ludgi, y entre escenas de intensa emoción Shanti reconoció a tres de ellos; al cuarto a quien no reconoció fue el nacido en el parto que causó la muerte de Ludgi.

Seguidamente Shanti Devi condujo a los investigadores a la casa de la madre de Ludgi, donde señaló las diferencias de construcción y decoración con respecto a como ella recordaba la vivienda. La madre confirmó que todos los cambios habían ocurrido después del fallecimiento de Ludgi.

Como demostración definitiva, Shanti se empeñó en asegurar que Ludgi había enterrado varios anillos antes de su muerte, y se ofreció a mostrar el escondite a los investigadores. Cavaron donde ella había indicado, y en efecto apareció una bolsita con los anillos, que fueron identificados por la madre de Ludgi como pertenecientes a su hija.

Difícilmente puede interpretarse este suceso como otra cosa que no sea el recuerdo auténtico de una reencarnación pasada. Desde luego ninguno de los expertos que lo investigaron sugirió que hubiese ningún truco o fraude. Pero si la reencarnación fue una realidad en el caso de Shanti Devi, ello no implica necesariamente que se trate de un fenómeno frecuente.

Mientras tanto, los investigadores de la Nueva Era que estudian el campo de la reencarnación han perfeccionado una técnica de *regresión* hipnótica mediante la cual cientos de personas, literalmente, han logrado manifestar lo que con mucha seguridad son recuerdos de una vida pasada. El fenómeno es desconcertante de por sí. Pues, si los *recuerdos* son en realidad fantasías, hay que buscar alguna explicación al hecho de que tantas personas cuya religión, educación y cultura niegan totalmente la reencarnación crean en ella inconscientemente.

Hay otro hecho que inquieta más, no obstante, y es que en algunos casos la investigación ha demostrado la validez histórica de los recuerdos, a tal punto que muchas veces cuesta admitir otra explicación, si descartamos que sean evocaciones de una existencia anterior.

Regla De Oro. Clave de la enseñanza en la **Nueva Era** para el mejor convivir humano. Fue enunciada por el Maestro **Jesús**. Así que todas las cosas que queráis que los hombres hagan con vosotros así también haced tú también con ellos porque esto es la Ley y los Profetas.

Reina de La Luz. Maestra Ascendida que logró este título por ser la victoria en la luz después de estar atrapada 300 años por un mago negro, por lo tanto ella dice: Hasta después de vuestra ascensión nunca deben descuidar su guardia y protección ni por un minuto.

Reino Astral. No hay sino un solo lugar donde se pueda albergar una creación indeseable humana, y es en el próximo escalón de actividad humana. *El Reino Astral*. Este plano de actividad astral contiene todas las formas indeseables acumuladas a través de los siglos. De manera que es fácil ver que nada bueno puede salir de contacto alguno con el plano astral. *No contiene absolutamente nada del Cristo.*

Reino Elemental. Hay una evolución acerca de la cual la humanidad en general sabe muy poco; no obstante, en el aire que respira, en cada acción suya y en toda actividad a través del infinito. *El Reino Elemental* juega un papel muy importante. Los seres elementales de este Reino forman el cuerpo del hombre, su atmósfera y todo lo que él contacta. La Voluntad de Dios ha sido fiel y constantemente expresada por el Reino Elemental cuya naturaleza misma es reflejar lo que ven y sienten. Es lamentable que esta característica los obligue a retratar el caos y la confusión de la humanidad, pero esto ha sido la causa de todas las condiciones catastróficas desde la caída del hombre. Cada actividad de este reino la dirige un Ser Divino quien es responsable por el control de los distintos grupos de seres elementales en su servicio a la Tierra. En el caso de los que constituyen los cuatro elementos de los cuales está compuesta la atmósfera de la Tierra, cada actividad de este Reino tiene los siguientes Directores:

- ELEMENTO AIRE: **Thor** y Aries: dirigen las actividades de la Sílfides.
- ELEMENTO AGUA: Neptuno y Lunara: dirigen las actividades de las Ondinas.
- ELEMENTO TIERRA: **Pelleur** y Virgo: dirigen las actividades de los Gnomos.
- ELEMENTO FUEGO: **Helios** y **Vesta**: dirigen las actividades de las Salamandras.

Los Elementales en el Reino de la Naturaleza mantienen los patrones para cada flor, cada fruta y cada grano, los árboles y sus hojas, cada vegetal y de cada regalo de Dios al hombre. Estos Seres son especialmente entrenados en los Templos de la Naturaleza, y en la Tierra trabajan bajo la dirección del **Maha Chohan** (Espíritu Santo). Cada forma humana tiene un Elemental del Cuerpo cuyo servicio es construir la forma física en cada encarnación y mantenerla reparada durante la vida.

El Reino Animal es realmente parte del Reino Elemental, y está formado por esos elementales que han sido obligados por la impureza e inclinaciones destructivas del hombre a habitar las formas particulares en las cuales funcionan. No obstante, cada evolución animal es parte de lo que se conoce como Alma de grupo para esa evolución en especial. Esto generalmente lo personifica un Ser Divino quien ha ofrecido prestar ese servicio a la vida. Cada vez que una parte individual de esa alma de grupo se eleva en conciencia, toda la evolución se beneficia grandemente y se aproxima hacia la exteriorización de su estado perfecto. Hoy, la responsabilidad del hombre hacia el Reino Elemental es muy grande. Ahora debe aprender a *amar toda vida elemental hasta que sea libre*, no importa la forma que esté manifestando, para que en la Nueva Era estas hermosas criaturas expresen las formas originales de belleza en las cuales fueron creadas.

Reinos. Son siete escalas diferentes de vida.

	Rayo
1. Divino	1
2. Celestial	2
3. Espiritual	3
4. Humano	4
5. Animal	5
6. Vegetal	6
7. Mineral	7

Energía	Pétalo
Unidad	7
Síntesis	6
Fusión	5
Inteligencia	4
Sensación	3
Sensibilidad	2
Substanciación	1

Religión. Agrupación de seres humanos que tienen por finalidad unirse unos a otros fraternalmente y unirse a su Divina Presencia **Yo Soy**.

Retiro. Punto estratégico espiritual en el plano etérico sobre un lugar específico de la Tierra a través del cual un Maestro, **Elohim, Arcángel**, etc. tiene un foco a través del cual da la radiación y virtudes de su Rayo, para bendición de toda la humanidad.

Retiros de Los Maestros Ascendidos, Los. Los Retiros de los Maestros Ascendidos son Focos de Luz donde un Ser Divino con su Corte, rinde un servicio específico por el bien de la Tierra y de sus evoluciones. Son lugares de absoluta pureza donde los estudiantes calificados son ayudados por los Maestros para desarrollar la naturaleza divina inherente a cada persona. Estos Retiros están en sitios estratégicos de la Tierra o en los planos etéricos sobre éstos, con el objeto de crear, mantener, irradiar y expandir las Virtudes divinas esenciales, que son el alimento de los habitantes de la Tierra. Cada uno de esos Seres Ascendidos magnetiza una Virtud Divina y luego combina esa Virtud con la de los otros Focos de los Maestros Ascendidos para formar un patrón constructivo para la redención de la Tierra. La mayor parte de la humanidad no está consciente de estos Focos y los Ascendidos Maestros desaniman la curiosidad de aquellos que aún no están listos para convertirse en parte activa de su servicio.

Rey. Siempre representa una función de la voluntad.

Ríos Del Edén:

- *PISON*. Es su significado simbólico o segundo estrado de significación, *Pisón* es vida que impregna todo. En su significado tercero o jeroglífico, Pisón es el **Yo Superior**. El ser en su más alto grado. Pisón rodea toda la tierra de Ávila (Havilah) donde hay oro y piedras preciosas.

- *HAVILAH.* Es el cuerpo físico en donde existen potencialmente todos los tesoros del espíritu.

- *GUIJON.* Es el sistema digestivo. Tipifíca lo físico. Siempre se ha considerado que es inferior, sin inteligencia, vacío, obscuro, por esto lo llaman Etiopía.

- *HIDDEKEL O TIGRIS.* Simboliza el fluido nervioso. Es el centro electromagnético que se expresa en el centro del átomo.

- *EUFRATES.* Es la corriente sanguínea que recibe y distribuye los alimentos que ingerimos.

Rosacruz. Todo aquel que ha permitido que la Rosa de su ser Crístico florezca en el madero de la cruz que es su personalidad.

Rosacruces. En 1614 empezó a circular por Alemania un folleto publicado en Kassel y titulado *Fama Fraternitatis*. Su autoría se atribuyó a una hermandad oculta y hasta entonces desconocida, llamada de *los rosa cruces*, cuya misión consistía en promover un mejoramiento general del mundo mediante la fusión entre las ideas de la Reforma y los progresos del conocimiento científico. En el panfleto se narraba además la historia de la fundación de la Orden por el legendario Christian Rosenkreutz.

En 1620 el interés inicial empezaba a agotarse y las polémicas sobre la Rosacruz quedaron desplazadas por otros asuntos más de moda. La cuestión resucitó sin embargo en 1710, cuando Sigmund Richter creó la Orden del Oro y de la Rosa Cruz, una fraternidad alquímica inspirada en la leyenda original, aunque no mucho. Los términos *Rosa Cruz* y *Fraternidad* fueron asumidos por la *francmasonería*, aunque sin tener demasiado que ver con su significado originario. En la época victoriana, no obstante, la Orden del *Alba Dorada* resucitó la tradición rosacruz, a tal punto que se enseñaba a sus miembros la leyenda de Christian Rosenkreutz; además, los rituales del Alba Dorada utilizaban una representación del sarcófago o tumba del fundador.

En la **Nueva Era** tenemos varias instituciones que se pretenden descendientes o por lo menos seguidoras de los rosacruces originarios. Quizá la más conocida sea la norteamericana *Ancient and Mystic Order Rosae Crucis* (AMORC), fundada por H. Spencer Lewis, que enseña un sustancial cuerpo de doctrina y técnicas esotéricas, y se anuncia en numerosas publicaciones de todo el mundo.

Rosario. Numerosas cuentas ensartadas con la finalidad de hacer **mantrams** o afirmaciones de carácter espiritual. En la **Nueva Era** se incrementará el uso del mismo.

Rowena Lady. Chohan del 3er Rayo complemento Divino del Amado Victoria; tiene su templo cerca del Castillo de la Libertad en Marsella, Francia.

S

Saint Germain. Para la historia oficial el origen del conde de Saint Germain es un enigma. Sobre su lugar de nacimiento hay múltiples afirmaciones, pero la más digna de fe, es tal vez, la del príncipe Carlos de Hesse Cassel, quien declara en sus memorias que Saint-Germain afirmó ser hijo del príncipe Rakoczy de Transilvania y de su primera esposa, una Teleky.

De todas maneras, a pesar de lo dicho por Carlos de Hesse Cassel, toda Europa se planteó el interrogante muchas veces.

Asumió por propia voluntad el nombre de Hermano Santo que es lo que significa Saint-Germain, según se dice, para distinguirse de sus hermanos, aunque otras fuentes nos dicen que este nombre le viene del hecho de haber comprado una propiedad llamada San Germano, en el Tirol italiano.

Este extraño personaje, que hablaba a la perfección cerca de treinta lenguas tanto antiguas como modernas, que reunía en sí todos los conocimientos de la época, fue el asombro de las cortes europeas durante todo el siglo XVIII y principios del XIX. Recorrió Europa bajo diversos nombres, tales como marqués de Monferrat, conde Bellamarre, caballero Schoening, caballero Weldon, conde de Soltikoff, príncipe Rakoczy, conde de Surmont, etc.

Fue un experto en la transmutación de metales y piedras preciosas, lo que demuestra que la alquimia no guardaba secretos para él, afirmándose también que sabía preparar un elíxir de eterna juventud, mediante el cual se conservaba siempre joven, como lo atestiguan todos los que lo conocieron, pues mientras la gente a su alrededor mostraba en sus cuerpos el paso del tiempo, él aparentaba siempre alrededor de cuarenta años.

Saint-Germain fue un adepto dotado de los más grandes poderes. Profetizó ante Luis XV, Luis XVI y María Antonieta los tempestuosos acontecimientos que se avecinaban para Europa. Poseía el don de la ubicuidad, y se cuenta que podría aparecer en donde se lo necesitara, sin recurrir al uso de las puertas y adivinándolo telepáticamente, cuando era llamado o invocado. Tenía una memoria prodigiosa demostrada no sólo en su conocimiento lingüístico, sino también cuando, leyendo rápidamente un largo escrito, era capaz de repetirlo palabra por palabra al día siguiente.

Controlaba perfectamente y en forma igual los dos hemisferios de su cerebro, demostrando esto al escribir dos cartas al mismo tiempo, con una mano una carta de amor y con la otra una de filosofía. Como músico tenía un talento extraordinario, siendo capaz de tocar todos los instrumentos, aunque el violín era su preferido.

Se lo describe físicamente como bien proporcionado y de peso mediano, con facciones regulares y agradables, cabello negro y tez ligeramente morena, frente amplia y ojos separados. Vestía con elegancia pero en forma sencilla, con ropa algo ceñida y generalmente de color negro. Solía relatar en sus charlas cortesanas experiencias vividas varios siglos y aun milenios atrás, con lo cual provocaba en sus oyentes un enorme asombro, seguido éste tanto del escepticismo y la burla, como de la admiración de algunos pocos amigos fieles que tuvo.

Actuó también en el terreno de la diplomacia, recordándose especialmente su viaje a La Haya para hacer arreglos de paz con los holandeses por encargo de Luis XI de Francia.

En cuanto al hecho de su muerte, éste es un asunto tan misterioso y lleno de incógnitas como su nacimiento. Oficialmente se dice que murió en casa de su amigo y protector el príncipe Carlos de Hesse Cassel, el 27 de febrero de 1784. ¿Es cierto esto? Si esto es cierto, ¿cómo fue entonces que se apareció en 1789 a Madame d'Adhemar para predecir los episodios revolucionarios, y a Rudolf Gräffer en 1790 revelándose sucesos que habían de tener lugar en los siglos XIX y XX, tales como el nacimiento de los ferrocarriles y los barcos de vapor en el siglo XIX y las alteraciones climáticas que vendrán en el fin del ciclo astronómico actual, en las postrimerías del siglo XX?

¿Quién es realmente el conde de Saint-Germain? las enseñanzas ocultas nos dicen que la individualidad altamente evolucionada que apareció en Europa con ese nombre, llegó el adepto bajo la vestidura física del hijo del príncipe Rakoczy, habiendo sido antes el filósofo y científico Roger Bacon.

Logró su tercera iniciación en el cuerpo de Francis Bacon y su cuarta y quinta iniciaciones en el cuerpo de Rakoczy. Siendo Francis Bacon, escribió las obras que aparecieron después como de William Shakespeare. Ya como Maestro Rakoczy, perteneciente al séptimo rayo, le fue dada la regencia de Europa y América en el gran gobierno interno del mundo que dirige la evolución de la humanidad. En la primera mitad del siglo XX asumió el cargo de **Mahachohan**, llamado también Señor de la civilización, el cual es uno de los tres grandes Señores que, encarnando los tres rayos mayores (Voluntad o Poder, Amor-Sabiduría e Inteligencia o Actividad) guía a los hijos de los hombres hacia su perfección.

El Mahachohan encarna el aspecto inteligencia, y su tarea es la de estimular el desarrollo de ésta entre los hombres para así, fortaleciendo la relación entre la vida y la forma, el espíritu y la materia beneficiar a la civilización, resultante de la acción del hombre inteligente sobre la naturaleza.

El que Saint-Germain tenga un alma del séptimo rayo (Magia Ceremonial), y que durante la vida de su cuerpo físico haya pertenecido a logias secretas *francmasónicas* y **rosacruces**, nos indica que su acción se efectúa principalmente por medio del ritual **esotérico**, aunque también por ser el séptimo rayo un subsidiario del tercero (al igual que el cuarto, el quinto y el sexto) influenció ya desde antes de asumir el puesto de Mahachohan a todos los discípulos cuya alma es del tercer rayo, siendo fundamental su aporte a los descubrimientos científicos de la edad contemporánea. Esta influencia se realizó por medio de la impresión telepática en la mente de los buscadores, causando las a menudo llamadas inspiraciones que todo profundo pensador conoce.

Aquél que se llamó a sí mismo el Noble Hermano Santo (conde de Saint-Germain), Noble de Sobre Monte (conde de Surmont) y Caballero Bienhechor (Waldone), debe retornar al mundo, según piensan algunos, para dar un mensaje especial a través de un vehículo físico apto y puro, tal como lo hicieron el Cristo **Maitreya** a través del cuerpo de **Jesús**, y el Buda Amitaba a través del cuerpo de **Gautama**.

Saithrú. Manú de la 7ma Raza Raíz. Su retiro se encuentra en el plano etérico sobre Machu Pichu en Perú. Su Llave Tonal está en *"La montaña Misteriosa"* de Hovhaness.

Salud. Su definición es bienestar espiritual, físico, psíquico, social, ambiental, ecológico con uno mismo y con el ambiente que lo rodea. Incremento de la acción educativa, tanto como ser docente en el proceso de enseñar en la vida, como aprendiz en el proceso de aprender en la vida.

Samsara. Rueda de reencarnaciones de la que hay que liberarse mediante la Ascensión.

Término budista que designa el ciclo de la continuidad, la ronda eterna de la muerte y el renacimiento hasta llegar al **nirvana.**

Sanación. Curar es también un poder de la mente. La energía del alma cura, ilumina, eleva...y ella se manifiesta a través de la mente. La sanación debe ser desarrollada por todos los miembros del grupo. Es conveniente practicarla como un servicio a la humanidad.

Sanat Kumara. Fundó la **Jerarquía Espiritual** de Shamballa hace 18 millones de años y desde entonces fue el Logos Planetario de la Tierra hasta que fue sucedido por el Señor **Gautama Buda**, actualmente reside en Venus y conforma el Sagrado Triunvirato de Shamballa junto con el Señor Gautama Buda y el Señor **Maitreya**. Su nombre quiere decir el eternamente joven. El 21 de Enero de 1956 fue liberado de su Servicio Terrenal. Es uno de los siete Kumaras.

Sandalo. Reconocido aroma del 1er Rayo Azul. Protector Espiritualizante, tónico y antidepresivo.

Santísima Trinidad La. La figura más elevada representa la PRESENCIA INDIVIDUALIZADA DEL TODOPODEROSO DIOS.- la Presencia Electrónica- que está sobre y alrededor de ti y de todo ser humano en la Tierra. Es Dios individualizado, EL UNO mandado por Dios el Padre, en el Principio, y es la Fuente de tu Vida. ¡ES TU VERDADERO SER! La figura más baja representa la forma física que está animada por la Fuente de la Luz y Energía que viene de la Gran Presencia de Dios a la parte superior de la cabeza a través de lo que se llama "El Cordón plateado" y al final de esta Fuente de Vida está anclada una réplica de la Gran Presencia de Dios. Esta PRESENCIA DE DIOS EN EL (TU) CORAZON es lo que lo hace latir; que da Inteligencia y permite caminar, levantar la mano y hacer todas las actividades de la Vida. Cuando esta Presencia de Dios se retira, el cuerpo queda en la llamada "muerte". Este Dios en miniatura en ti está envuelto en una bellísima Llama Triple del Amor.

Sabiduría y Poder de Dios. El nombre de esta Gran Presencia de Dios es "YO SOY', (Dios hablándole a Moisés. Exodo 3:13-14). Las palabras "YO SOY' son las grandes palabras creadoras de vida, y lo que las acompañe, eso se manifestará en el mundo.

Santo Domingo. Isla Sagrada del Caribe. Punto focal de la triangulación Violeta del Caribe. Sede física del Templo del Sagrado Fuego Violeta de la **Madre Mercedes**. Fue descubierta por el Maestro **Saint Germain**, a través de Cristóbal Colón.

Santo Grial. Aunque suele entenderse que el Santo Grial fue el cáliz del que bebió Jesucristo en la última Cena, existen claros indicios de que los mitos y leyendas que han venido a superponerse datan de tiempos bastante anteriores al advenimiento del mismo **Cristo**.

La leyenda primigenia del Grial nos habla de un caballero que recorre una región inhóspita hasta llegar a un magnífico castillo encantado. Al entrar, le sale al encuentro el dueño, el misterioso Regnum Piscator (Rey Pescador), monarca doliente y herido que le invita a un suntuoso banquete. El caballero acepta y durante la fiesta ve una espada mágica, una lanza ensangrentada y, por último, el Grial mismo llevado en procesión.

Entonces se le invita a formular una pregunta; si acierta con la correcta, el Rey Pescador sanará y el Grial recobrará su fertilidad; en caso contrario se producirán más calamidades.

Varias versiones de este cuento se incorporaron al ciclo mitológico de lo que se llama *Leyenda de Arturo*, y los historiadores antiguos (e incluso algunos de los modernos) lo relacionan con la creencia de que el Santo Grial fue llevado de Palestina a Gran Bretaña por José de Arimatea, y escondido en *Glastonbury* o en sus proximidades. Pero esto plantea una dificultad, pues el Grial del Rey Pescador no siempre se describe como un cáliz; a veces dicen que era un plato o bandeja, o una piedra, o incluso un caldero.

Los análisis modernos de la leyenda rechazan la conexión con el Santo Cáliz y la vinculan con los mitos celtas precristianos que hablan de muchos banquetes similares con recipientes parecidos, algunos de los cuales confieren la inmortalidad o resucitan a los muertos. El Rey Pescador no se identifica con el Cristo (aunque dijera que "yo os haré pescadores de hombres"), sino con Bran el Bienaventurado tal como aparece en la recopilación de leyendas célticas primitivas titulada *Mabinogion.*

Los eruditos creen que la leyenda refleja la antiquísima creencia de que la fertilidad de las tierras depende de la fuerza, del comportamiento y más en particular de la potencia sexual del soberano; varias versiones del mito indican que la herida del Rey Pescador afectaba a los genitales.

Cualesquiera que sean los orígenes de esa leyenda, apenas cabe dudar de que la verdadera importancia del Santo Grial estriba en su potencia mítica. Es decir, en su capacidad para fascinar la mente humana. Por eso, varias escuelas esotéricas modernas y muchos ocultistas solitarios emplean esa leyenda como instrumento de *senderismo* que les acerque a la iluminación.

Santo Óleos Es el óleo consagrado a la Divina Presencia **Yo Soy** para ungir los seres y objetos que se deseen consagrar, actividad realizada bajo el 5to Rayo de la consagración.

Sanyasin. Quiere decir renunciante. Es aquel que renuncia internamente a todo lo pasajero de la vida y se entrega al trabajo de Dios, manifestado para la Tierra por la **Jerarquía espiritual**. En esta Edad no es necesario abandonar el hogar o las ciudades, ya que parte de la renuncia será, seguir viviendo dentro de las presiones de las creaciones humanas imperfectas sin dejarse perturbar para servirle a **Dios** en todos los planos de conciencia. El color del renunciante es amarillo azafrán.

Sarah. Princesa, noble mujer. Esposa de **Abraham** y madre de **Isaac**. Metafísicamente representa el alma, la parte emocional del hombre, es la hija de un rey y jamás se debe permitir que se mezcle con las condiciones materiales. Cuando Abraham no tenían aún la comprensión de lo divino, se dejó arrastrar hacia abajo, a los procesos vitales del organismo, uniéndolos en su mente a su amor, sus afectos y sus emociones, y trajo plagas a la casa del Faraón. Esto quiere decir que se debe reconocer el puesto legítimo que ocupa el sexo en la economía divina, puesto que no puede nadie venir a evolucionar en el plano Tierra sino a través del sexo; pero que como éste es exclusivamente para la reproducción generativa, no se deben mezclar y confundir con facultades espirituales superiores esos procesos estrictamente animales, porque se producen las plagas de Egipto, en la familia humana. La sensación sexual es una faz del proceso reproductivo, y todo el que se encuentre en el plano de la generación la posee, sin duda, pero esto no lo autoriza para suponer o aceptar que esa sensación sea espiritual. Lo que han dado por llamar *Magia Sexual*, es un proceso totalmente del plano astral, y como tal, es material. Para aquellos que ya desean purificarse para llevar su cuerpo al plano espiritual, hay una buena afirmación: *la sensación de la carne no puede adueñarse de mi amor. Mi amor es hijo de dios (la llama rosa) y somos uno en pureza y en deseo, en la casa del padre.* Así se escapa uno a las plagas de Egipto y del reproche del Faraón: ¿Qué cosa es ésta que me has hecho? ¿Por qué no me dijiste que ella es tu esposa? El nombre de Sarai fue cambiado a Sarah (princesa). En la simbología espiritual, la mujer representa el **alma** o la parte intuitiva del hombre. Abraham no dudó de la promesa que el Señor le hizo de darle un hijo, pero procedió como lo hacen todos los humanos impacientes, que en lugar de esperar que **Dios** manifieste Su Voluntad, deciden ayudarlo, empujando las cosas en el plano material, de manera que tuvo un hijo con la camarera de Sarah. AGAR, la empleada de Sarah representa el alma natural y Dios no reconoce como legítimo el fruto de una unión por *voluntariedad humana*.

Sem. Hijo de Noé, simboliza lo espiritual en el hombre Significa recto, correcto, renombrado, brillante, esplendor, dignidad, señal, monumento, memorial, nombre.

Sendero Espiritual. Es el camino a través del cual se va escalando en el proceso evolutivo hasta llegar a la Ascensión. Después de la Ascensión existen 7 senderos a escoger:

1. El Sendero de Servicio en la Tierra.

2. El Sendero de Trabajo Magnético.
3. El Entrenamiento de los Logos Planetarios
4. El Sendero que Conduce a Sirio.
5. El Sendero de Rayo.
6. El Sendero de Logos Solar.
7. El Sendero de la Absoluta Filiación.

Sengen Sama. Se auto identifica como "Un humilde miembro de la Hermandad de Fuji", y representante de la naturaleza delicada de **Dios**.

Señor El. "El Señor" y "La Ley", son intercambiables donde quiera que aparezcan en la **Biblia.** La Ley de **Dios** es la manifestación ordenada, organizada, sistemática, del Principio Divino del Ser, o sea, los ideales divinos manifestándose en cualquier parte de lo creado. Por ejemplo la Ley es la acción mental: vamos a describirla en tres pasos: mente, idea, *manifestación*. Primero hay mente. Segundo, existe el verbo o se hace una idea. La propia inteligencia que existe *en la idea,* además del poder que ella atrae, la impulsa a expresarse. Cuando se expresa en el exterior se le llama "manifestación". "El Señor", es la actividad del YO SOY espiritual. "El Señor" Dios en la Biblia es *Cristo El Hombre Espiritual*. o sea nuestra conciencia divina, o poder creador en cada uno de nosotros. Este Señor, el YO SOY en cada ser humano, no actúa sino En Ley. Fue fácil llamarlo La Ley, Fue fácil caer en el hábito de llamar a La Ley Divina El Señor.

Señor Del Mundo El. Aunque los Cargos ya nombrados se aplican a todo el Sistema Planetario relacionado con nuestro Sol, los siguientes cargos están asociados con la Tierra en sí. Estos servicios son realizados por Seres Ascendidos que evolucionaron en la Tierra, o por grandes almas de otros planetas quienes voluntariamente desean colaborar. El cargo de Señor del Mundo lo tuvo anteriormente el Amado **Sanat Kumara**, quien vino a la Tierra desde **Venus**, cuando los habitantes de la primera habían llegado al colmo de la degradación, amenzando la propia existencia del planeta y del Sistema.

Su gran Amor sostuvo el balance de la Tierra hasta que uno de sus hijos llegó al punto de madurez necesario para asumir esa responsabilidad. Ese gran momento se alcanzó en 1955, cuando el anterior **Gautama Buda** se convirtió en el nuevo Señor del mundo. No obstante, Sanat Kumara convino en permanecer como Regente hasta que llegara el momento en que la Tierra y Venus fueran requeridas a entrar en sus respectivas Iniciaciones Cósmicas.

Séptima Ley De La Creación. Es el Principio de Generación: En todo hay el masculino y femenino necesario para crear. Las leyes todas se entrelazan y éstas vuelven a empatar con el Principio del Mentalismo.

Serapis Bey. Actual Director del 4to Rayo. Custodio de la Llama de la Ascensión. Es conocido como El Egipcio. Trabaja en las manifestaciones artísticas de la Nueva Era, especialmente la de la música. Dirige la Hermandad de Luxor y sostiene lo que se conoce como el Reino de Bey. En vidas anteriores fue Phidias el arquitecto del Partenón. Su Llave Tonal se encuentra en la pieza para piano La Bendición de Dios en la Soledad de Liszt.

Ser Crístico el. Entre la presencia **Yo Soy** y la forma física, media o actúa, el Divino **Ser Crístico**, el cual es un ser inteligente de luz con una conciencia pura que crece y aumenta con el cuerpo causal (este es el **Cristo** que el ascendido Maestro **Jesús** manifestó y que todos nosotros tenemos que llegar a manifestar. Por eso dijo él: Síganme a mí, que no es más que poner en práctica lo que enseñó y que lo conduce a uno a la identificación con nuestro propio Cristo para manifestar la perfección que él alcanzó y que le valió el nombre de JESUCRISTO). Aunque este Ser Crístico tiene una vibración más baja que la presencia Yo Soy, lo cual permite que actúe en nosotros, su acción es conjunta, y cuando se le permite libertad de acción, actuará como un Director personal divino de todos los asuntos materiales. Cuando el estudiante ha avanzado en el sendero, la presentación de este Ser Crístico a través del cuerpo físico es lo que ha sido referido como la segunda venida de Cristo, la cual ha de ser individual. Por eso comprendemos por qué no basta con creer en el Cristo, sino que cada quien tiene que *convertirse en el Cristo* dentro de sí.

Serpiente. la Es la conciencia humana o conciencia carnal. Cada vez que se trata de llevar a cabo una acción de acuerdo con las reglas metafísicas que se están aprendiendo, siempre surge alguien que pone en guardia o alerta con algún concepto terreno, creación humana, ideado en lo negativo. Ese está haciendo el papel de la serpiente. La criatura más baja de todas. La que Marcha pegada al suelo y que tienta con la manzana de la discordia. Si se le hace caso, se estropea la idea o proyecto. No sale. Se muere.

Servicio. Es la alternativa de poder vivir con una altura de miras y con una actitud que nos permita usar la energía que el creador bombea en este sistema biológico de una forma tan generosa, sin necesitar estar obsesionados con la preocupación de nuestra supervivencia y tener un excedente de esa energía dedicada a servir.

Hay un nivel de inteligencia que es la inteligencia de Dios. Esa atraviesa canales que se llaman seres humanos, cuando esos canales de percepción están abiertos se manifiestan en destrezas y posibilidades más altas que otras. Eso se llama destreza, medición, coeficiente intelectual, intelecto alto, pero la inteligencia de saber vivir no tiene que ser con la capacidad de memorizar datos, tiene que ser con la capacidad de abrirse y fluir con la situación. Hay tres áreas que deben estar equilibradas para poder concientizar el servicio: conocimiento, amor y acción.

El conocimiento tiene dos elementos: inteligencia e informática.

El amor es sólo el propósito de la vida.

Acción es hacer lo que sea necesario para cumplir con el resultado previsto.

Sexta Ley De La Creación. Todo efecto tiene una causa; toda causa tiene una reacción. La casualidad no existe, la "*suerte*" no existe.

Shambhalla. Hogar de la Jerarquía Espiritual del planeta Tierra. Lugar donde la Voluntad de Dios es conocida. Fundada por **Sanat Kumara** y dirigida actualmente por el Señor **Gautama Buda**. Ubicada fuera del tiempo y el espacio cognocibles pero conectada en el reino etérico sobre Long Island.

En un antiguo estandarte tibetano aparece el misterioso país perdido de Shambhala como un oasis rodeado de montañas nevadas. La leyenda lo describe como un paraíso perdido. Los documentos del **budismo** antiguo lo citan como fuente de la sabiduría esotérica. En las leyendas de China, Rusia, el Tibet e incluso Grecia y Roma, aparece como residencia de ciertos seres sobrehumanos que podrían ser los **Maestros Ocultos** de quienes habla Madame **Blavatsky**. Suele describirse como un valle de alta montaña, pero rico en vegetación gracias a la presencia de manantiales de agua caliente, que dan lugar a una variada recolección de plantas raras y hierbas medicinales.

Si bien existe un amplio consenso legendario en cuanto a la existencia de Shambhala, no todos están de acuerdo por lo que se refiere a dónde se halla y cómo llegar allí.

Los teósofos recomiendan el desierto de Gobi. Los chinos creen que puede estar en las montañas de Kun Lun. En el Oriente Próximo y en Grecia apuntan a la cordillera del Altai. Según ciertas sectas taoístas, se oculta en algún lugar entre la provincia china de Sechuán y el Tibet. Una fuente húngara lo sitúa exactamente entre los 40 y los 50 grados de latitud Norte y más allá del río Syr Daria. Las leyendas rusas dicen que está en la región de las aguas blancas o Bielovodye; en 1923 una expedición salió a buscarlo cruzando los montes Kokushi... y no regreso jamás.

El sino de esa expedición seguramente no habría sorprendido al anciano abate tibetano que escribió *El Sendero Rojo hacia Shambhala*. En esta obra se afirma que la entrada del país perdido se halla en Mongolia, pero sólo puede ser encontrada por los espiritualmente preparados.

No era el único en creer en un aspecto no físico de Shambhala. En 1928, otro lama le explicó sin rodeos al explorador Nicholas Roerich que Shambhala «no tenía nada que ver con nuestro planeta» sino que estaba en otra dimensión, con lo que posiblemente aludía al nivel Bardo Thodol o **plano astral**.

Pese a estos indicios que apuntan a un país interior de Shambhala, los rumores de su existencia física se niegan a desaparecer. Se habla de túneles subterráneos que los comunican con el palacio Potala de Lhasa; otros mencionan hallazgos de túneles en el Turfán y el Turquestán. El mismo Nicholas Roerich que fue notificado de la localización astral de Shambhalla habló con un ministerioso lama, a medio camino entre Darjeeling y Ghum, y más tarde unos monjes de Ghum le dijeron que aquel lama procedía de Shambhala.

Siete. Número Sagrado que determina la Perfección donde se hace presente.

Siete Cuerpos Del Hombre. El hombre es un ser séptuplo, cuyos siete cuerpos son instrumentos del ser, y han sido creados durante un período de muchas edades. Estos siete cuerpos son necesarios para que un individuo pueda encarnar o tomar cuerpo en el plano físico; siendo cada cuerpo creado de la sustancia del reino en el cual funciona.

Los tres cuerpos superiores incluyen la "***presencia Yo Soy***", el ***Ser Crístico*** y el ***Cuerpo Causal,*** que cuales funcionan en el plano espiritual, por medio del cual puede alcanzarse completo dominio de la energía de la vida y así ganar la eterna libertad.

Los cuatro cuerpos o vehículos inferiores son: el **cuerpo emocional** cuyo objeto es exteriorizar la naturaleza sentimental; el **cuerpo mental** el cual es el creador y recibidor de los pensamientos — formas; el **cuerpo etérico**, el cual es el depósito de las experiencias de la presente y anteriores encarnaciones; y el **cuerpo físico** el cual está interpretado por los otros tres y fue hecho para ser el Templo Llamado Triple o Chispa Divina.

Siete Esferas, Las. Dentro del Sol hay Siete Esferas o Templos que representan los atributos del Supremo Creador. La Primera Esfera es la Voluntad Divina, Rayo Azul como saben todos ustedes. Es aquí donde nacen todas las ideas, pasando luego a la Segunda Esfera donde son moldeadas en Divina Sabiduría para su presentación a través de varios canales. En la tercera Esfera es donde se ejerce la atracción, cohesión y adhesión llamada por los humanos Amor Divino (Como estás viendo, en el hombre esto es la llama Triple, y de acuerdo con la **Ley de Correspondencia** que dice: *como es abajo es arriba, como es arriba es abajo*, de estos tres poderes, esferas o llamas se desprende toda creación). La Cuarta Esfera es blanca, y así como el blanco irradia todos los colores, esta esfera proyecta las mencionadas ideas divinas hacia el mundo de los hombres. A través de la Quinta Esfera se transmiten las conciencias receptivas las ideas relacionadas con los descubrimientos científicos e investigaciones médicas. De la Sexta Esfera es derramada la inspiración a los dirigentes religiosos y de la Séptima Esfera se derrama la **Llama Violeta**

que disuelve todo lo negativo y destructivo y disuelve todo karma. Es enseñada y transmitida por los Maestros Guías y Conductores Individuales.

Siete Esferas, Hijos De Las. Durante el periodo de la creación de la Tierra, los futuros habitantes del planeta residían en las Siete Esferas, dentro del Sol. Eran apenas chispas espirituales o átomos permanentes de siete tipos diferentes. Unos pasaban más tiempo en una de las Esferas, clasificándose así como originarios del Primero, Segundo o Tercer Rayo, según el caso. Esto hace que cada individuo sea esencialmente de una Esfera o Rayo en especial, y que a través de su evolución, tiene que equilibrarse en todas las cualidades de los tres rayos; o sea, que todo ser humano tiene que manifestar el equilibrio perfecto del Poder, Sabiduría y el Amor, antes de poder lograr la ascensión a los planos de luz. En otras palabras, el individuo debe emular las caracterísitcas de los Siete Rayos (los otros cuatro son derivados de la Llama Triple), antes de ser relevado de la necesidad de nacer y renacer. Sus numerosas encarnaciones son para que él desarrolle las características necesarias para favorecer ese balance.

Siete Leyes. Estas Leyes se llaman: **MENTALISMO, CORRESPONDENCIA, VIBRACION, POLARIDAD, RITMO, CAUSA Y EFECTO Y GENERACION**. Estas siete Leyes sacadas a la Luz por **Hermes** Trimegistos, considerado el Padre de la **Metafísica**, fueron dadas a conocer a su generación, en su tiempo, por Enoch, quien figura en la Biblia como padre de Matusalem. Dice la Biblia que Enoch anduvo en los caminos de Dios y que no conoció la muerte sino que fue asumido, lo que nos revela su grado de Gran Maestro Ascendido.

Hermes Trimegistos sintetizó la sabiduría oculta en estas siete Leyes o Principios que son clave de todos los fenómenos.

Siete Planos. Son siete los Planos o estados de conciencia. Cada Plano comprende siete subplanos, el hombre va avanzando de uno a otro con cada expansión de su conciencia. El Plano Mental es el estado de conciencia superior al **Plano Astral**. Luego le sigue el Plano Espiritual que es el más alto que podemos conceptuar.

Siete Principios Universales, Los. Nuestro universo funciona sobre una base séptuple: siete aspectos de Dios, siete Principios universales, siete años en cada etapa del hombre, siete planetas alrededor del sol, siete notas musicales, siete colores en el espectro, siete días en la semana, siete meses de gestación antes que un ser humano pueda sobrevivir al aire, y así sucesivamente. A medida que el hombre se va haciendo consciente, va descubriendo mayores dimensiones en todo.

En el sector de los Principios universales, algunos, como **Generación**, **Polaridad** primero, y más tarde **Ritmo** y **Vibración**, iban siendo reconocidos y aplicados científicamente en ciertos y determinados estudios como la Biología, la Botánica, la Electricidad la Música, etc., pero se ignoraba que podían funcionar en toda la creación, subjetiva y objetiva.

Siete Rayos. Son 7 corrientes de energía provenientes del Gran Sol Espiritual Central. Se clasifican en tres primarios y cuatro secundarios o de atributo que se desprenden del tercero. Cada uno tiene un color que es una actividad de **Dios** y se presonifica en un Director o Chohan, un **Elohim** y un **Arcángel**. En los niveles esotéricos se identifican por sus respectivos números.

Los Siete Rayos son las fuerzas creadoras del universo, las cualidades características de Dios.

Los siete Rayos son los siete aspectos psicológicos de la Deidad y conforman lo que en el hombre llamamos **Conciencia.** Contienen y expresan todas las energías que circulan a través de nuestra forma planetaria.

Así como la luz se divide en siete colores, de la misma manera el Fuego Solar de la Divinidad, se divide en *Siete Rayos* que llenan de "colorido" todo el universo, creando las formas a través de las cuales se va manifestando el Espíritu Divino.

La Sabiduría Antigua afirma que existen Siete Grandes Rayos en el Cosmos. En nuestro sistema solar sólo uno de estos grandes Rayos está en actividad y sus siete subdivisiones constituyen los Siete Rayos a los que se hace referencia. Ellos son manejados por nuestro Logos Solar y forman la base de infinitas variaciones en su sistema de mundos.

"Estos Siete Rayos pueden describirse como los siete canales a través" de los cuales fluye todo lo que existe en su sistema solar, las siete características predominantes o modificaciones de la vida, que no sólo se aplican a la humanidad, sino a todos los Reinos. En realidad, no existe nada en el sistema solar cualquiera que sea su grado de evolución, que no pertenezca ni haya pertenecido a uno de los Siete Rayos".

El Rayo Cósmico del cual proceden los Siete Rayos es el *Segundo Rayo Cósmico De Amor Sabiduría*. Esto nos indica la cualidad básica de nuestro sistema solar, al que podemos llamar El Sistema del Amor, o El Universo del Amor. Cada uno de los Siete Rayos, conforman las diferentes manifestaciones del amor. Por este motivo tenemos que:

1. El Primer Rayo es el Amor manifestándose como Voluntad y Poder.
2. El Segundo Rayo es el Amor manifestándose en su más prístina esencia como Amor-Sabiduría.
3. El Tercer Rayo es el Amor manifestándose como Inteligencia Activa y Adaptabilidad.
4. El Cuarto Rayo es el Amor manifestándose como Armonía, Belleza, y Arte.
5. El Quinto Rayo es el Amor manifestándose como Ciencia, Inteligencia Concreta, Sanación y Música.
6. El Sexto Rayo es el Amor manifestándose como Devoción e Idealismo.
7. El Séptimo Rayo es el Amor manifestándose como Orden Ceremonial y Magia.

En el hombre, la influencia de los rayos es múltiple. Cada una de sus envolturas (sus cuerpos físicos, emocional y mental) pertenece a un rayo. Cuando el hombre va coordinando o alineando sus vehículos y se convierte en una personalidad integrada, el rayo de la personalidad subordina los rayos de los cuerpos mencionados y éstos pasan a ser sub-rayos de este rayo controlador.

Los rayos se dividen en Mayores y Menores, Rayos de Aspecto y **Rayos de Atributo**:

Los Rayos de Aspecto: El Primero, Segundo y Tercero representan las tres formas básicas de manifestación de nuestro Dios, que en lenguaje cristiano llamamos **La Santísima Trinidad**: Dios-padre, Dios-Hijo y Dios-Espíritu Santo. En lenguaje esotérico: *Vida-Cualidad-Apariencia*. Pueden considerarse como la personificación de la voluntad y del propósito del Logos encarnado. Simbólicamente hablando son la expresión del aspecto egoico del Logos solar, lo que equivale en el hombre al alma o Cristo Interno.

En el principio de los tiempos, cuando la Vida Una trató de expandirse, surgieron siete emanaciones del vértice central. La primera fue la *Voluntad* de crear, el Primer Rayo, el Padre, el Iniciador del movimiento. Luego surgió el Segundo Rayo de Amor-Sabiduría, como la fuerza cohesiva que sostiene la creación, la fuerza de atracción; y luego, el Tercer Rayo de Inteligencia Activa que pone el orden inteligente en toda la creación, permitiendo que ésta manifieste. Es la Madre Divina que ofrece la matriz, la sustancia inteligente con la cual se crea todo el universo. Ten presente que en las ciencias ocultas el **Espíritu Santo** y la Madre Divina significan lo mismo.

Los Rayos de Atributo son:

4to Rayo Belleza, Armonía, Arte.
5to Rayo Conocimiento Concreto, Ciencia.
6to Rayo Devoción e idealismo.
7mo Rayo Orden Ceremonial y Magia.

Estos cuatro Rayos pueden considerarse como personificaciones de la cualidad y del carácter del Logos encarnado. Simbólicamente hablando podemos decir que personifican el aspecto de la personalidad del Logos.

Dentro de la enseñanza metafísica se ofrecen siete colores para caracterizar los Siete Rayos, sin embargo, cuando consultamos otras fuentes, como la Doctrina secreta de H.P. **Blanvastky** o los libros de **Alice Bailey**, nos encontramos que los colores no concuerdan en su totalidad. Es muy importante que el estudiante de **Metafísica** no se confunda y piense que una de las fuentes debe estar en un error. No es así. Simplemente sucede que cuando hablamos de colores, estamos refiriéndonos a pantallas que velan o reflejan la realidad que subyace detrás. Recuérdese que en la apreciación de un color hay dos elementos a considerar: el observador y lo observado, y de la conjunción de estos dos elementos, pueden venir las aparentes diferencias en relación a los colores de los Rayos.

Existe también la información de que los Rayos tiene más de un color, lo que se conoce como el color exotérico o externo del rayo su color esotérico oculto. No obstante, para poder manejar estos rayos con mayor familiaridad hemos decidido utilizar los colores que nos ofrece la Metafísica, tal como la ofrece el *Movimiento Yo Soy*, de la cual *Conny Mendez* toma esta información. De esta manera nos será más fácil la visualización de estos rayos y su manejo frecuente y consciente en la vida cotidiana. Estos son:

- PRIMER RAYO AZUL
- SEGUNDO RAYO DORADO
- TERCER RAYO ROSADO
- CUARTO RAYO BLANCO
- QUINTO RAYO VERDE
- SEXTO RAYO ORO-RUBI
- SEPTIMO RAYO VIOLETA

Sikhs. Quiere decir discípulo. Religión fundada por el **Guru Nanak** que vivió antes de **Cristo**. Es el fruto de la unión de la religión Hindú y el Islam. Tiene dos grados o Iniciaciones que son:

- SINGH: O LEON
- KHALSA: EL BAUTISMO de la ESPADA o ingreso en la fraternidad guerrera de los puros.

Sirio. Sol Espiritual Central de nuestro sistema solar. Su sistema se halla en el plano mental cósmico. Es conocido en Egipto como SOTHIS. Su Nombre proveniente del Latín es SIRIUS y quiere decir ardiente. La estrella más brillante del *Cannis* Mayor consagrada a la Madre Isis. Punto y centro del anillo no pasarás de nuestro Universo. Fuerza del Poder y la Voluntad de Dios desde el Sol más allá del Sol. Actual Chohan del 1er Rayo

Sirios. Representan los pensamientos del intelecto que se resisten y pelean contra la conciencia espiritual o Israel.

Sufismo. Como corazón místico del Islam, el sufismo exige la sumisión total a Alá como camino a la verdad definitiva. La palabra *sufi* significa el que viste de lana, lo que apunta a votos de pobreza y humildad. El objetivo del sufi es "estar en el mundo sin ser de él". Existen varias escuelas diferentes de sufismo, todas ellas atacadas por los puristas musulmanes.

Sueño de Adán, El. Es la ignorancia en que yace la humanidad con respecto a las leyes de la Creación y a la verdad espiritual. Está comenzando a despertarse.

Surya. Señor de la Paz Suprema. Tiene su retiro en la isla de Fidji en el Océano Pacífico y lleva el nombre de Templo de la Paz Cósmica y la Opulencia. Seudónimo dado al señor Maitreya.

T

Tabor. Poderoso Dios de los Montes Roqueños que es una cordillera sagrada, continuación oculta de la cordillera de los Andes.

Telepatía. Se entiende por tal cualquier tipo de comunicación interpersonal por medios extrasensoriales. Ateniéndonos a su etimología griega, podríamos definirla como aquello que "se experimenta o se siente a distancia". La parapsicología científica engloba su estudio, conjuntamente con el de la *clarividencia*, la (*precognición* y la retrocognición o conocimiento paranormal de hechos pasados), bajo el concepto percepción extrasensorial.

Un abundante número de estudios de casos espontáneos y de experiencias en laboratorio, realizados desde hace un siglo, no dejan duda de la existencia de la telepatía como fenómeno genuino.

Es la transmisión de pensamientos a distancia, entre dos o más personas, por medio de las imágenes y sensaciones no físicas. Con el correr de los tiempos y la evolución del hombre, la telepatía será tan clara como la pantalla de un televisor y la voz de la radio, que son su contraparte física. Los maestros se comunican a través de la mente con sus discípulos. Desarrollar esta facultad es en extremo importante en el trabajo consciente de ayuda a los Grandes Seres.

Templo del Bienestar El. Hacia el extremo sur de la India, se extiende una bella isla en medio de la cual se encuentra el TEMPLO DEL BIENESTAR, del **Maha Chohan**. En este sereno Foco, donde los **Chelas** y Maestros mismos aprenden el control y dominio de las energías cósmicas para poder convertirse en confortadores impersonales de la Vida, es donde el Amado Maha Chohan concentra la Cualidad Cósmica de Bienestar.

Confort y Paz para toda Vida- no sólo para la vida humana que evoluciona en la Tierra, sino para la vida de la naturaleza-, las fuerzas de los Elementos, el Reino Angélico y los animales.

Este gran Retiro Cósmico funciona pues, en medio de lo que aparenta ser una ordinaria plantanción de té.

Aquí, el Maha Chohan y los Siete **Directores de los Rayos** se reúnen a menudo para discutir la mejor forma, o medio, de ayudar y beneficiar a la raza humana. Se encuentran mirando hacia afuera, por encima de las azules aguas donde el Océano Indico y la Bahía de Bengala.

El Templo del Bienestar no es solamente un Santurario Espiritual, sino un lugar físico de descanso y de tregua para los pocos privilegiados que son invitados a entrar en sus sagrados portales.

La gran Sala del Concilio sostiene en su interior el actual Foco de la Llama del Bienestar. ¿Qué es lo que esto quiere decir, exactamente? Quiere decir, en esencia, que a través de muchas edades el Señor Maha Chohan y sus predecesores en

Grecia llegaron a estar interesados en esta Virtud y Cualidad de Bienestar y Consuelo.

Bienestar o Confort quiere decir, dar bienestar, confortar, animar, alentar, Ellos desearon magnetizar esta Cualidad y Virtud de Confort que reside en la acción vibratoria del Reino del Cielo, y hacer un Centro de Radiación de esta Llama confortadora, en la India. Así como la radiación del Sol físico calienta, alumbra y sostiene nuestro Planeta Tierra y nuestro Universo; asimismo, estos particulares Focos Espirituales forman Centros de Radiación definida, de'específicas cualidades divinas las cuales son necesarias para el despertar espiritual y desarrollo de la Naturaleza Divina del hombre.

Nuestro señor Maha Chohan tiene la gran responsabilidad de llevar y dar alivio y bienestar a TODA VIDA, en CADA PLANO.

Para ayudarlo a Él a cumplir y llenar esa obligación, los Siete Chohans sirven, sin pensar en sí mismos, desarrollando y madurando la séptima porción de evolución que les toca envolver y proteger.

(Los 7 Rayos gobiernan la Tierra al mismo tiempo.)

A menudo, en medio de la Cámara del Concilio del Amado Maha Chohan, los Planes son discutidos (conversados) en completa unidad y Paz, y la cooperación de los Chohans es comprometida hacia un Servicio particular, el cual será de beneficio impersonal para la realización completa del Esquema o Plan Evolucionario. Muy a menudo, el Chohan (Maestro) individualmente acude a la Sabiduría y Entendimiento del Maha Chohan para acelerar su propio Servicio Particular.

El nunca ha fallado al dar tal Asistencia, no solamente con toda generosidad, deseo y gracia, sino también, con tremendo interés puesto en los Proyectos de lo que Él llama "Sus Muchachos".

Para las masas, las cuales componen la mayoría de los miembros de la Raza Humana, el Reino Elemental, incluyendo pájaros y cuadrúpedos, quienes no tienen palabras para expresar igualmente sus aspiraciones o deseos, el Maha Chohan ES UNA PRESENCIA CONFORTADORA.

Para los "pocos" que desean ayudarlo a Él en su Servicio, Él ofrece el entrenamiento, disciplina y el propio auto-control para que se puedan convertir en una Presencia Confortadora (consoladora) para otros.Así pues, él prepara individuos para que sean conductores de Su Naturaleza, la cual es la expresión del Espíritu Santo para la humanidad y para todas las evoluciones que la acompañan en, a través y alrededor del Planeta Tierra en este tiempo. Estos "pocos" son usualmente recomendados por el Chohan del Rayo al cual ellos pertenecen, o también ellos pueden aplicar personalmente a través de sus propios Cristos, para tal Entrenamiento en el Templo o Retiro del Bienestar o Confort.

Los aplicantes entonces, tienen la oportunidad de recibir una atención individual de éste Gran Señor. De la dirección e instrucción dada a ellos y debido a la proximidad de sus Almas al Maha Chohan, gradualmente desarrollan una natruraleza así como la de Él. Así pues, ellos verdaderamente se convierten en el Espíritu Santo en persona, actuando como una "Avanzada" de su Divina Presencia en el medioambiente en los cuales viven.

Todos los individuos que desean alivio de cualquier clase, mental, emocional, o física, son invitados y bienvenidos a asistir a este Concilio de 30 días, en sus vehículos etéricos, y a la vez son asistidos por los Angeles Suministradores que responden a todo Llamado.Invocación u Oración. Sólo aquéllos que desean dar Alivio y convertirse a través del Servicio Devocional y aplicación individual en Presencias Confortadoras, *Y NO OTROS*,son los aceptados por este Gran Señor,a través de Cuyo Cuerpo pasa toda la Energía que sostiene y anima las Evoluciones en y arriba de la Tierra. Esto es un gran honor y también es "una gran responsabilidad, aceptar una sola Onza de Su Energía sin precio". Por esta razón, la humanidad de la Tierra a quién se le ha concedido el privilegio de convertirse en Su Huésped en el Cielo de estos 30 días, harán bien en esforzarse a través de la cooperación de su Ser Crístico, para convertirse en Centro Radiador de Bienestar y Paz para todos, en sus hogares, medio ambiente, centros espirituales y el mundo en general.

Templos de Luz. Están emplazados en el Cinturón Etérico, encima de la atmósfera de la Tierra. La radiación emana desde este cinturón hasta la tierra a través de tu atmósfera. El Cinturón Etérico alrededor de la Tierra es muy diferente al que está alrededor de **Venus**. Venus está dentro del cinturón Etérico, mientras que la Tierra está más abajo de él.

Teosofía. Palabra griega compuesta de *Theo* que es *Dios* y *Sofía*, sabiduría; Sabiduría Divina. Organización fundada por H.P. Blavatsky y H.S. Olcott en 1875 en New York, patrocinados con los siguientes objetivos generales:

1) Formar un núcleo de fraternidad universal entre los hombres, sin distinción de raza, credo, sexo, casta o color.
2) Estimular el estudio de la Teosofía.
3) Investigar las Leyes inexplicables de la naturaleza.Casi todos los movimientos esotéricos fundados después de 1875 han tenido sus raíces en la Teosofía. **Conny Méndez** expresó con respecto a ella que eran los estudios a seguir después de la **Metafísica**. Actualmente tiene su sede central en Adyar, Madrás en India.

La sociedad teosófica adoptó el lema (vigente hasta hoy) de que .«no existe religión más alta que la Verdad»

En concreto las doctrinas de ésta representan una mezcla fascinante de *budismo esotérico*, doctrinas del lamaísmo tibetano, *misticismo hindú* y una interpretación romántica de la Historia mundial, en la que se postula un periodo de evolución prehistórica no física, durante el cual la ecósfera se solidificó gradualmente como materia y apareció toda una serie de razas aborígenes que se remite a la perdida **Atlántida**.

Terah. Signifca arrastrándose, quedándose atrás, tardando; lugar de espera, estación. El Padre de **Abraham**. Como se ve claramente. Terah es representativo del movimiento de conciencia anterior a aquél que se interesa por las cosas espirituales, o sea, la *inactividad espiritual*. (Como en la **Biblia** cada vez que se menciona el padre de una persona, se está refiriendo a un estado de conciencia anterior, más atrasado o pueril, al mencionar que Terah, era el padre de Abraham, se sabe que era el estado de conciencia de éste, antes que fuera llamado o invocado por **Dios** para encargarse del pueblo israelita). Era una etapa perezosa, guiada sólo por los sentidos, pero su Señor Espiritual lo presionó y lo despertó a la actividad espiritual, como ocurre en todos los seres humanos a fin de cuentas. En el caso de Abraham el impulso de hecho le indicó: "sal de tu tierra y de tu parentela y de la casa de tu padre y ve a la tierra que yo te mostraré" y luego los altos ideales comienzan a poseer la mente.

Testigo de Jehová. Es todo aquel que da testimonio del poder, sabiduría y amor de la Divina Presencia "**Yo Soy**", ya que **Jehová** es una palabra sustitutiva del verdadero nombre de **Dios** "Yo Soy". Con este nombre fue fundada una secta cristiana en Estados Unidos en 1879 por Charles Taze Russell.

Tetragramatón. Es el nombre de **Dios Yo Soy** compuesto de 4 letras I.H.V.I. que en hebreo se leen IOD, HE, VAU, HE. Letras simbólicas de: Los cuatro elementos; los cuatro reinos; los cuatro palos de la baraja; los cuatro puntos cardinales; las cuatro estaciones, etc.

Thor. Director del elemento aire junto con su Shakti Aries. Su denominación proviene de la mitología escandinava donde es conocido como Dios del Trueno y Señor de los vientos. Hijo de Odin y de Jord. Protector de los labriegos, navegantes y guerreros.

Titicaca. Lago entre Perú y Bolivia, el más alto lago navegable del mundo. A 4.000 metros sobre el nivel del mar. Foco femenino de la Tierra, está activo en la actualidad. Sobre su plano etérico se encuentra el Templo de la Iluminación cuyo Jerarca es el Dios Merú.

Tonantzin. Madre Divina de América. Su nombre original es *THEOTENANTZIN* que quiere decir Madre de los Dioses. Tiene su campo de fuerza en el Monte del Tepeyac en la ciudad de México. Su radiación se puede contactar a través de la obra "*Estrellita*" de Manuel Ponce.

Torre De Babel. Significa confusión. Cuando el hombre cree que puede contactar lo divino o espiritual conectándose con lo material, lo puramente mental o lo psíquico, siempre cae en confusión. Es solamente recordando la Verdad, o su propio punto de referencia espiritual (su propio plano de lo más alto que él conoce) que puede contactar la paz, la luz, aplomo, equilibrio y bien, o sea el Reino de los Cielos. La Torre de Babel representa exactamente ese monumento de conocimientos materialistas, los sabios en cosas puramente del planeta Tierra o de los estudios mentales, física, química, biología, medicina, leyes terrenas, etc.

Tres Aulas. Son las tres aulas a través de las cuales todo ser aspirante a la Ascensión debe pasar a través de sus 777 encarnaciones.

1. Aula de la ignorancia
2. Aula del aprendizaje o sendero probatorio.
3. Aula de la sabiduría

Tribunal Kármico. Junta de Seres Ascendidos que administran y ajustan el Karma de cada corriente de vida:

- PORTIA
- KWAN YIN
- PALAS ATENEA
- LADY NADA
- VISTA CYCLOPEA
- LORD SAITHRÚ
- MADRE MARÍA
- DIOSA DE LA LIBERTAD
- SHRI MAGRA

Trinidad. Es el triple aspecto de Dios que puede verse así:

Padre-rayo azul-voluntad-"**Yo Soy**'
Hijo-rayo dorado-sabiduria-**Cristo**
Espiritu Santo-rayo rosa-amor-**Personalidad**

La Trinidad actúa a través del Universo como la acción trina y única del Padre-Madre-Hijo, siendo aquello que llaman el Santo **Espíritu**, realmente, la naturaleza femenina o sentimental Divina. Dentro del corazón humano el ser Crístico, representado por la **LLAMA TRIPLE**. En Esta llama se ve nuevamente la trina acción mencionada antes, representada por las llamas azul, rosa y amarilla, respectivamente, y que es el anclaje de la vida dentro de la forma humana. Alrededor de la figura de la presencia Yo soy está el cuerpo causal representado por círculos de los colores de las **Siete Esferas**. En este gran depósito es donde la presencia **YO SOY**, obtiene el BIEN acumulado por la corriente de vida y lo canaliza hacia la manifestación física.

U

Udana. Es la condición del **prana** que permite la Ascensión y también en otros casos la *levitación prana ascendente*. Es el que permite la función del bostezo y está conectado con el **chakra** Vishuddha.

Unidad. Estado en el que deben vivir todos los estudiantes espirituales. Actualmente **Micah**, el Angel de la Unidad trabaja por la Unión de todas las religiones, naciones, clases sociales y seres humanos en general.

Universo. Conjunto de cosas creadas. Existen básicamente tres Universos y vivimos en el segundo de ellos. Los nombres de los tres Universos son:

1. Universo de *Brahma*
2. Universo de *Vishnu*
3. Universo de *Shiva*

Uriel, Arcangel. Es el Arcángel del Suministro y él mismo afirma que sólo un pensamiento elevado hacia Dios y aún sólo pronunciar el nombre de Dios es como si lo invocaran a él.

V

Vach. Diosa Cósmica de todas las letras y palabras.

Varuna. Arcángel del Plano Astral y Señor de las aguas. Su forma es acuosa. Recibe las energías de los signos de agua: Cáncer, Escorpio, Piscis. El planeta Neptuno es un aspecto de su vida.

Vedas. Del sánscrito Conocimiento Divino. Es el conjunto de libros sagrados de los Hinduístas donde están contenidas grandes enseñanzas ocultas de nuestro sistema planetario, solar y cósmico. Fue complicado por VYASA 3.100 años A.C. Está dividido en 4 partes:

- **RIG VEDA-** Himnos
- **YAJUR VEDA-**Liturgia
- **SAMA VEDA-**Cánticos
- **ATVARAVEDA-Mantrams**

Venezuela. País bautizado por **Saint Germain** cuando fue Cristóbal Colón como "Tierra de Gracia". Situado a la cabeza de América del Sur. Su nombre quiere decir el que ha dominado las emociones. Su Guardián Silencioso es la Señora Manifestación. País de Síntesis de todas las Razas y culturas.

Venus. Cuarto planeta de Krishna y Sofía. Divino complemento de **Sanat Kumara**. Su Llave Tonal se encuentra en el 3er movimiento de la 2da sinfonía de Rachmaninoff.

Verdad. Nombre que se le da a la enseñanza espiritual. Aquello que es como se dice. Está personificada por **Palas Atenea**.

Victory. El amigo de la Luz. Él es el foco de la Victoria en la Luz, Poder, Actividad, Dirección, Inteligencia y Perfección de la vida cósmica de Venus. Complemento Divino de Lady Rowena. Él es el logro de la victoria para la Tierra. Tiene su foco sobre las islas Británicas. Fue el Maestro Ascendido que inspiró a San Patricio. Irradia su Luz desde una dorada estrella de seis puntas.

Vida. Aspecto de Dios que compenetra todos los universos. Todo lo que existe y es, tiene Vida.

Vidya. Denominación sánscrita para la Sabiduría, El Verdadero Conocimiento Espiritual. Lo contrario es Avidya. Destructor de todas las apariencias o ilusiones. Existen 4 vidyas:

1. *Yajña Vidya*: La Sabiduría en realizar actos sagrados consagrados a la Divinidad.
2. *Maha Vidya*: Sabiduría Superior y Mágica.
3. *Guhya Vidya*: Sabiduría del **Mantram**, Invocación o Decreto.
4. *Atma Vidya*: Sabiduría Espiritual. Sabiduría del "**Yo Soy**".

Vishnú. Cristo Cósmico. Sostenedor de todo el Universo Manifiesto. Señor del 2do Universo o sea el actual. Regente de la Ley Cósmica de Atracción. Ha venido a la Tierra a través de 8 encarnaciones conocidas como:

1. MATSYA
2. *KURNA*
3. *VAHARA*
4. *NARA*
5. *VAMANA*
6. *PARASU-RAMA*
7. *RAMA*
8. *KRISHNA.*

Es complemento divino de la Diosa *Lakshmi,* Señora de la Opulencia y la Fortuna espiritual y física.

Voluntad de La Gran Omnipresencia Universal. La Voluntad de la Gran Omnipresencia Universal para todo lo creado es EL BIEN. No existe el aspecto negativo de la Voluntad Todopoderosa quien creó este planeta y todo lo que habita en él. La enfermedad, la vejez, la desintegración, la pobreza y aún la muerte, son un insulto al Padre Amor. La conciencia que piensa, siente y que gobierna este universo, inmediatamente exterioriza lo que está dentro de Sí Mismo. Por lo tanto, su Voluntad es que cada persona sea un Maestro; un sol de Libertad; la Corona de los Elohim sobre su cabeza; el Cetro de la Magnetización en su mano; el Manto de la Realización sobre su cuerpo; y el Aroma de su propia Divinidad irradiando a través de él para bendecir toda vida.

Vyana. Es el aspecto de PRANA que se ocupa de la descomposición. Está conectado con el chakra Swadhistana.

W

Wagner Richard. Compositor alemán de numerosas óperas de carácter metafísico, relacionadas con la historia de la humanidad, su progreso espiritual, los Maestros Ascendidos y el Fuego Violeta. Nació en Leipzig el 22 de Mayo de 1812 y desencarnó en Venecia el 13 de febrero de 1883. Reencarnó nuevamente en Leonard Bernstein en el año de 1918, en Estados Unidos.

Walkirias. Espíritus de la Verdad comandados por **Palas Atenea**. Soldados del Rayo Femenino, defensores del ser que lucha por la Verdad. Ópera de Wagner dedicada a enaltecer la obra que las Walkirias realizan.

Y

Ylang Ylang. Arbol y aroma sagrado del 3er Rayo Rosa del Amor Divino. Es un balanceador de las emociones y armonizante.

Ying Yang. Principios Padre y Madre del Universo. YIN representa el polo femenino y YANG el polo masculino.

Yoga. Es la práctica de la Unión con **Dios**. Existen 3 Yogas a saber en el sendero a la unión con Dios:

- ***CRISTI YOGA*** o unión de la personalidad con el Ser Crístico propio.
- ***ATMA YOGA*** o la unión del Cristo con la Presencia "Yo Soy".
- ***BRAHMA YOGA*** o fusión ulterior de la Presencia "Yo Soy" en el Gran Sol Espiritual Central.

Aunque para muchos occidentales el yoga no sea más que una especie de gimnasia no violenta, en realidad existen hasta diez yogas diferentes y tradicionalmente reconocidos como caminos válidos hacia el objetivo de la perfección espiritual:

Bhakti yoga se define como el sendero del amor, la devoción y la fe. Estos elementos miran por lo general a **Dios**, pero los practicantes creen que el amor y la devoción a la humanidad, o mejor dicho a cualquier criatura viviente, surten los mismos efectos.

Dhyana yoga se parece a las prácticas religiosas occidentales de la contemplación y la **meditación,** en tanto que disciplinas puramente mentales que muchas veces implican estados de trance.

Hatha yoga es la única forma de yoga cuya práctica se halla difundida en Occidente; concede importancia al desarrollo y al dominio del cuerpo físico hasta que éste deja de interferir con la búsqueda mental de la iluminación.

Jnana yoga es yoga del conocimiento y demanda la comprensión de los sagrados **vedas** del **hinduismo**, en particular de los **Upanishads**, que contienen gran número de doctrinas esotéricas.

Karma yoga es el sendero de las buenas acciones, expresadas generalmente como caridades y trabajo en favor de los necesitados.

Kriya yoga se ocupa concretamente de la observancia religiosa y la correcta ejecución de actos del ritual.

Kundalini yoga procura concretamente despertar la energía de la serpiente **kundalini** que se alberga en la base de la espina dorsal, de manera que ese poder ascienda y llegue a iluminar el cerebro.

Laya yoga es un sistema que se dedica especialmente a activar los *chakras* y, lo mismo que ciertos sistemas mágicos occidentales, utiliza para despertarlos ciertos sonidos o *mantrams*.

Mantra yoga se describe a veces, erróneamente, como yoga de los conjuros, pero en realidad es yoga del sonido, y emplea los cánticos y los *mantrams* para elevar la mente hacia un estado superior.

Raja yoga significa el Rey de los yogas (a veces se traduce incluso como Rey de Reyes) y describe exclusivamente un sistema de desarrollo mental y psíquico encaminado a la iluminación.

Yo Inferior. Es lo contrario al **Yo Superior** o "**Yo Soy**". Es la **personalidad**. El cuaternario inferior o cuerpo.

"Yo Soy". Es el nombre de **Dios**. Es la **Mónada** en cada ser individualizado y es la primera manifestación de todo lo existente. Se conoce con el nombre del **Yo Superior** o el Padre en los Cielos.

Jesús dijo: "Yo Soy" la Resurrección y la Vida, emitiendo una de las más grandes expresiones que se pueda concebir.

Cuando Él dijo: "YO SOY", no se refería a la expresión exterior, sino a la Magna. Maestra Presencia del Dios Interior, porque dijo repetidamente: Yo de mi ser propio no puedo hacer nada. Es el Padre nuestro, el "YO SOY", el que hace las obras".

También dijo Jesús "YO SOY" el Sendero, la Vida y la Verdad, reconociendo así el único Poder: Dios en Acción dentro de Él.

También dijo: "YO SOY" la Luz que ilumina cada hombre que viene al mundo, anunciando en cada dicho la importancia vital con las palabras "YO SOY". Una de las formas más poderosas de liberar el poder de Dios: Amor. Sabiduría. Verdad, y ponerlo en acción en la experiencia exterior, es esa declaración "YO SOY" en todo y en cualquier cosa que se desee.

"YO SOY "Dios es el ser en todas las cosas, por eso todas las cosas tienen a YO SOY, todas las cosas están dentro de YO SOY y YO SOY las contiene a todas. todo es YO SOY, y YO SOY eres tú. Dios eres tú mismo.

Los Maestros, para facilitar la comprensión del YO SOY dieron lo que se llama: La Lámina de la Mágica Presencia YO SOY. Porque estamos todos de acuerdo de que nada en la vida es más importante alcanzar, que Dios dentro de nosotros.

Z

Zadkiel, Arcangel. Es el Arcángel de la Transmutación.

Zaratustra. Sumo Sacerdote de la Orden del Fuego Sagrado. Fundador de la religión del Fuego llamada Parsi o Zoroastrista cuyo libro sagrado es el *Zend Avesta.*

Zodiaco. Doce constelaciones de Dioses Soles, que forman los campos de fuerza espiritual alrededor de nuestro Sol **Helios y Vesta**. Cada Constelación está relacionada con un Maestro de Luz y una cualidad espiritual.

Los signos son:

- ARIES
- TAURO
- GEMINIS
- CANCER
- LEO
- VIRGO
- LIBRA
- ESCORPIO
- SAGITARIO
- CAPRICORNIO

- ACUARIO
- PISCIS

Ese inmenso reloj cósmico de doce Signos (doce horas) que manda en nuestras vidas, tarda en recorrer cada Signo unos dos mil ciento sesenta años. Cada hora, o Signo, representa una clase que tiene que aprender la humanidad. Una clase en la Verdad del Ser y la Verdad el progreso o evolución del hombre. Es el paso, por ejemplo, del Salvajismo a la Barbarie. De la Barbarie a la Civilización. De la Civilización a lo que vamos a aprender ahora, o sea la Iluminación. El reloj da vueltas eternamente. Cada uno de nosotros ha dado muchas vueltas. Cada vez que tú terminas de dar una de las vueltas, comienzas la que le sigue pero en un grado más alto. Por eso es que unos somos más adelantados que otros.

El Signo que acabamos de terminar, como lo sabes, es Piscis, el pez. En esta "hora" del planeta Tierra, representa el hombre que está expuesto a sus emociones y tiene que aprender a dominarlas. En una vuelta anterior fuimos peces en esa hora y nos correspondió conocer la vida en el agua. El agua para nosotros los humanos simboliza el cuerpo emocional (psíquico-astral). Al hombre le es muy difícil dominar ese elemento. Las emociones son como las olas. Cualquier vientecito las alborota, los humanos de nada se ofenden, se molestan, se irritan y resisten hasta la muerte. Eso que se siente afectado es lo que se llama en **metafísica** "**la personalidad**".

La era de Piscis fue muy dura. De muchas guerras y persecuciones. Esto está EN PERFECTO ORDEN DIVINO para que el hombre aprenda auto-control y auto-disciplina. Pero ya la gran masa captó la lección. La prueba es que **Acuario** ya tiene varios años con nosotros. Ya no habrá ninguna guerra mundial a pesar de que los piscianos crean que sí.

Cada Signo ocasiona una revolución de todo, vida, costumbres, modas, ideas, corrientes. Acuario es el hombre que ya sabe dominar su cuerpo emocional, pues lleva el agua en un receptáculo al hombre. La usa como él quiera. Además, a sus pies se encuentran las diferentes corrientes de la Era. El pasa por encima de ellas impertérrito. Corrientes eléctricas, electrónicas, de aguas, de ideas, nada lo perturba. Su emotividad está bajo su control.

Nuestra memoria racial no contiene nada más allá de la Era de Tauro, tiempos egipcios. A pesar de que nos quedan las pirámides, los jeroglíficos y algo muy grande que introdujo Akenatón, o sea el culto del UNICO Dios, no sobrevivió ninguna corriente ya que desapareció la idolatría por los animales, aves, el Buey Apis.

La Era siguiente fue ARIES, la cabra, que se convirtió en el Cordero Pascual en la Religión Hebrea. Fue la época de Moisés y **Abraham**. Continuó el culto del Dios Unico y Moisés reveló el nombre de Dios: **YO SOY**, el cual permaneció secreto hasta ahora porque no se popularizó la traducción del nombre hebreo **JEHOVA**.

Bibliografía

Campbell, Eileen Brennan, J.H.: *Claves del Ocultismo y la Tradición Oriental.* Edit. América Ibérica. Madrid, 1993. 132 pp.

Cedeño, Rubén: *Diccionario Metafísico.* Edit. Bienes Lacónica. Venezuela, 1991. 74 pp.

El Morya: *El Discípulo y el Sendero.* Edit. C. S. Ediciones. Buenos Aires, 1990. 192 pp.

Méndez, Conny: *El nuevo pensamiento.* S/ed. Caracas, 1981. 277 pp., *4 en 1 Vol. I y II.*

Saint Germain: *El Libro de Oro de Saint Germain.* C. S. Ediciones. Buenos Aires, 1993. 191 pp.

El Séptimo Rayo. Editora y Distribuidora Tomo II, 1994. México, 143 pp.

Metafísica II. Ecologic Editora. Buenos Aires, 1978. 1 vol.

Metafísica IV. Ecologic Editora. Buenos Aires, 1989, 226 pp.

Metafísica V. Ecologic Editora. Buenos Aires, 1989. 310 pp.

Metafísica VII. C. S. Ediciones. Buenos Aires, 1992. 288 pp.

Metafísica VIII. C.S. Ediciones. Buenos Aires, 1992. 256 pp.

Santiago, Carmen: *Lecciones de Metafísica.* C.S. Ediciones. Buenos Aires, 1992. 167 pp.

BIBLIOGRAFIA COMPLEMENTARIA

Saint Germain: *El libro de oro.* Editora y Distribuidora Tomo II. 192 pp.

El séptimo rayo. Editora y Distribuidora Tomo II. 144 pp.

Hacia mi mágica presencia. Editora y Distribuidora Tomo II. 220 pp.

Iniciación a la metafísica. Editora y Distribuidora Tomo II. 98 pp.

La práctica de las llamas. Editora y Distribuidora Tomo II. 237 pp.

Meditaciones diarias. Editora y Distribuidora Tomo II. 104 pp.

Misterios develados. Editora y Distribuidora Tomo II. 252 pp.

Preludio para ser el Cristo. Editora y Distribuidora Tomo II. 118 pp.

Scovel Shinn: *El juego de la vida.* Editora y Distribuidora Tomo II. 128.

Warter, Carlos: *Manual de Metafísica.* C.S. Ediciones. Buenos Aires, s/f, 408 pp.

TITULOS DE ESTA COLECCION

Fuerza y Poder de la Oración. ***Varios***

Iniciación a la Magia Blanca. ***Marco A. Acosta V.***

La Fe en la Oración. ***Antología***

Pequeño Gran Diccionario de Metafísica. ***Varios***

Saber Florecer. ***Beyson M.***

Voces del Cielo. ***Anrias D.***

El Poder de la Mente. Reflexionando con Emmet Fox. ***Marco A. Garibay M.***

La Llave de tu Felicidad. Reflexionando con Saint Germain. ***Marco A. Garibay***

Cuando un Amigo se va... M. A. ***Garibay***

El Salmo Nuestro de Cada Día. ***Diana Villanueva***

Impreso en los talleres de
OFFSET LIBRA
Francisco I. Madero No. 31
Barrio de San Miguel
Delegación Iztacalco. C.P. 08650
México, D.F.